SERTİFİKA NO 15033

ISBN 978 - 975 - 22 - 0475 -1
2013 . 06 . Y . 0105 . 4813

Birinci Basım Eylül 2013

İkinci Basım
Eylül 2013

BİLGİ YAYINEVİ
Merkez: Meşrutiyet Cd., No: 46/A, Yenişehir 06420 / ANKARA
Tlf.: (0-312) 434 49 98/ 434 49 99/ 431 81 22
Faks: (0-312) 431 77 58
Temsilcilik: İstiklâl Cd., Beyoğlu İş Mrk., No: 187,
Kat: 1/133, Beyoğlu 34433 / İSTANBUL
Tlf.: (0-212) 244 16 51 - 244 16 53 • Faks: (0-212) 244 16 49

BİLGİ KİTABEVİ
Sakarya Cd., No: 8/A, Kızılay 06420 / ANKARA
Tlf.: (0-312) 434 41 06 • Faks: (0-312) 433 19 36

BİLGİ DAĞITIM
Gülbahar Mh., Gülbağ Cd., No: 33, A-B Blok,
Mecidiyeköy 34387/ İSTANBUL
Tlf.: (0-212) 217 63 40 - 44 • (0-212) 522 52 01
Faks: (0-212) 217 63 45 • (0-212) 527 41 19

www.bilgiyayinevi.com.tr • info@bilgiyayinevi.com.tr

MUZAFFER İZGÜ

Çapulcu musun Vay Vay!..

öyküler

BİLGİ YAYINEVİ

kapak: murat sayın

baskı: pelin ofset
(0-312) 395 25 80-81
sertifika no: 16157

İÇİNDEKİLER

ÇAPULCU MUSUN VAY VAY!..

"Kocacığım arabayı değiştirelim!.."

Zaten karımın ağzından "Kocacığım" sözü çıktı mıydı hemen bir şey isteyeceğini anlarım. Başka zaman adımı söyler.

Yok yok, aramızda sevgi de var, saygı da var. Adımı seslenirken o seslenište sevginin yüklü olduğunu her zaman bilirim.

Arabamız gerçekten bizim gibi yaşlandı. Biz nasıl arada bir hastaneye gidiyorsak, arabamız da onarıcıya gidiyor... Bizim ne denli yıllık kontrollerimiz varsa, arabamızı da yılda bir kez kontrole götürüyorum. Yıllık bakımı yapılıyor, eksikleri tamamlanıyor, aşınmış parçaları yenisiyle değiştiriliyor.

Böyle yapmamıza karşın, geçen yıl iki kez, bu yıl da bir kez bizi yolda bıraktı. Öksürdü, aksırdı, hızlandı, durakladı, yine yürüdü, yine öksürdü, ondan sonra zınk diye durdu. Bas bas marşa bana mısın demiyor.

Eh onarıcımız geldi, motorun kapağını açtı, hıhladı, hımladı, cıkcıkladı, ondan sonra çekiciye yükledi bizim arabayı, alıp götürdü.

Karım yerden göğe haklı.

İyi de duyduğu bir şey var mı? Herhangi bir marka?

Yoo, hiçbir zaman ikinci el almam. Zaten kullandığımız arabayı da birinci el almıştık, yıllar yılı bizi taşıdı...

Eh eve kızlarım geliyorlar, oğlum geliyor, torunlar geliyor. Acaba onlar hanımın kafasına bir marka mı taktılar;

"İşte şöyle olsun, böyle olsun..." diye!.

Hayır hayır, ekonomik gücüm iyi. Hanımımın istediği arabayı alabilirim.

Yok yok öyle özel sürücümüz yok. Benden iyi sürücü mü olur?

Eh, yaşlandık, dikkat azaldı. Buna karşın biz de ayağımızı gaz pedalından çekmesini öğrendik. Yani eşimle yola çıksak, bütün araçlar bizi sollar geçerler.

"Hıh genç olacaktım ki!.."

Hiçbir zaman böyle demem. Gençliğimde de hiç hız meraklısı olmadım.

"Duydun dediğimi değil mi kocacığım?"

Eh, ben de "cığım"lı konuşmaz mıyım!

"Duydum hanımcığım!" dedim.

Dünyanın en güzel kahvesini hanımım yapar. Ben de çok güzel çay demlerim. Oturmuşuz karşılıklı, öğle yemeği sonrasının orta şekerlisini içiyoruz.

"Ne istiyorsan alırım" dedim.

"Teşekkür ederim kocacığım..."

Şimdi sormanın zamanı.

"Çocuklar, torunlar bir marka söylediler mi?"

"Yooo!.."

"Peki sen mi dışarda gördüğün bir arabayı beğendin de?.."

"Hayır!.. Hayır!.."

Konu araba olunca, mutlaka benim karar vermemi istiyordur, diye düşünmeye başlamıştım ki karım birdenbire;

"TOMA" dedi...

Uf, kahvenin en lezzetli son yudumu puh diye dudaklarımdan sıçradı.

"Ne dedin hanımım?"

"TOMA dedim kocacığım..."

Uf, yine "cığım"lı konuşuyor! Demek ki günlerdir TOMA'yı kafasına koymuş. Zaten benim hanım bir şeyi kafasına koymuşsa onu dünyada başka şeyle değiştiremezsin.

İki elimi yakaladı, üç kez;

"TOMA TOMA TOMA!.." dedi.

"Yahu hanım, TOMA'yı ne yapacaksın?" dedim.

Gezi Parkı'na eşimle üç kez gitmiştik. Orada, çadırların yanında gençlerle oturmuştuk. Eşimin yaptığı poğaçaları götürmüştük. Üç kez de Taksim'de olmuştuk. Gençlerle birlikte ellerimizi havaya kaldırmıştık, bağırmıştık:

"TOMA ha, TOMA ha, TOMA ha..."

İçimden durmadan bu sözcükleri yineliyordum. İyi de biz TOMA'yı ne yapacağız?

Sordum eşime:

"Biz TOMA'yı ne yapacağız hanımım?"

Hemen yanıtladı:

"Ayol TOMA ne yapılır, içine binilir, gezilir..."

Gülsem mi, kızsam mı? Yo yo ben yaşam boyu eşime hiç kızmadım. Onun için gülmeye başladım.

"Ne gülüyorsun kocacığım?" dedi.

"Düşünüyorum da, ikimiz TOMA'nın içinde, ben direksiyon başında..."

Ekleyiverdi:

"Ben renkli ilaçlı, basınçlı su vanasının başında..."

"Neeee?"

"Canım TOMA dedin miydi, suyu var, gazı var, zırhı var, kocaman gövdesi var... Ayol her şeyden önce ben TOMA'yım diyor, yani atomum diyor atom!.."

"Biz bunun içine binip dolaşacağız, hı?"

"Ay niye olmasın, şimdiki arabamızın içine binip dolaşmıyor muyuz?"

"Öyle ya, AVM'ye de gideriz, balıkçı lokantasına da gideriz... Canımız ister, vururuz otobana kızların oraya gideriz..."

Bu kez eşim gülüyordu. Elimi tuttu:

"Eğer yolda bize yol vermezlerse basarız ilaçlı suyu, basarız ilaçlı suyu... Yine mi yol vermiyorlar, bir basarım biber gazının tetiğine..."

Ben gülmeye başladım...

Artık ikimiz espri yapma yarışındaymışız gibi, yığınla espri üretiyor, kahkahalarla gülüyorduk.

Sonra nedense kahkahalarımız bitti, birbirimize ciddi ciddi bakmaya başladık. Eh, şimdi yine ciddi ciddi sorabilirdim karıcığıma:

"Hâlâ istiyor musun TOMA'yı?"

Ufff, hanımımın ağzından öyle bir "Eveeet" çıktı ki, artık bu "Evet"in önünde hiç durulmaz.

Gece uyudu, uykusunu aldı, uyandı, yine sordum:

"TOMA'yı istiyor musun hanım?"

"Evet..."

Haydi kalk oğlum, hemen kahvaltını yap, sonra sarıl telefona... Bu TOMA nerede bulunur? Bilmeyen bilene sorsun. Gazeteci arkadaşların yardımını iste. Yani şu ülkede, "Bir TOMA'm olsun" diyeceksin de alamayacaksın ha?

Alacağım hanımcığım, bulacağım karıcığım.

"Aloooo..."

Ah ah gözünü sevdiğim ülkem, bir şeyi ara da, bulama ha, hiç olur mu? Yeter ki paran olsun...

Kimdir nedir bilmiyorum... Eve dek geldi birileri... Övüyor satılık TOMA'yı:

"Yooo motor çok iyi, biraz yamuğu vardı, düzeltildi; biraz yanığı vardı, sıyrıldı, silindi, boyandı... Ühüüü size yaşamınız boyunca hizmet eder. Yeter ki direksiyonuna geçin, gaza basın... İsterseniz içine müzik yayınları da koyarız, telsizi var zaten, oh basın düğmesine müzik dinleye dinleye gidin. Canınız müziği kırda mı dinlemek istedi, inin TOMA'dan, mangalı yakın, açın müziği dışardaki ses yükselteçlerinden dinleyin. Bir yandan da mangal keyfinin tadını çıkarın..."

Eşim ilgiyle dinliyor, olumlu bulduğunu belirtmek için durmadan başını sallıyordu.

Hanımım şimdiden el sıkıştı bile iki adamla.

Ben mi? Ben de el sıkıştım...

O akşam TOMA bizim evin önüne geldi.

Sokakta önce bir korku, sonra bir merak... Yahu meğer ne çok merak eden varmış TOMA'yı...

Çocuklar soruyorlar:

"Kaça aldın amca bu TOMA'yı?"

Komşular şaşkın şaşkın bakıp;

"Nereden aklınıza geldi TOMA?" diyorlar.

Ben hep hanımımı gösteriyorum. O da her soruya yanıt veriyor.

Hanım bana soruyor:

"Kullanabilecek misin kocacığım?"

"Getirenler gösterdiler ya, arabadan hiçbir farkı yok... Sen söyle, ne zaman gezmek istersen ilk turumuzu atalım..."

Birkaç gün bekledik. Yani ben de TOMA'ya binmek, kullanmak istiyordum. Hanım;

"Bekle bekle, günü var" diyordu.

Hangi gündü?..

Ama o gün geldi... Bindik karı koca TOMA'ya. Ben direksiyon başında, o su vanasının başında. Elbette bütün sokak camda balkonda, el sallayanlar, "Güle güle" diye bağıranlar, "Yolunuz açık olsun" diyenler...

"Hanım, nereye gidiyoruz?"

"Sen sür, ben söylerim..."

Hanımım öyle coşkulu, öyle sevinçli ki, gözlerinin içi gülüyor, içi içine sığmıyor, arada bir;

"Hoş geldin, hoş geldin..." diyor...

"Kim hoş geldi hanımcığım?"

"Öğrenirsin canım, sen sür..."

Polisler selam duruyor, halk bakıyor... Yani benim de keyfim yerinde, şimdi dünyanın en lüks, en pahalı arabasını alsaydım, bir-iki kişi bakardı ama şimdi bakan bakana...

"Geliyoruz..."

"Nereye geliyoruz hanım?"

"İstediğim yere..."

Aa aa ben burayı tanıyorum, biliyorum, ülkenin başbakanı bu kente geldi miydi burada konaklar... Başbakanın burada olduğu da belli... Nereden belli? Her yer polis dolu, koruma dolu... Ama bize hiç engel olan yok. Selam veriyorlar...

Yaklaştık, yaklaşıyoruz...

"Dur kocacığım..."

Durdum.

Karıcığım, aygıtın düğmesine bastı... Aman aman dört ses yükselticisinin dördü birden bağırıyor:

Çapulcu musun vay vay, eylemci misin vay vay...
Benim TOMA'm kimseye su sıkmıyor
Vatandaşın canını hiç yakmıyor
Çapulcu musun vay vay, eylemci misin vay vay...

DÖŞ DUDAK BEBEK

Elbette adı vardı canım bebeğin... Ama alt dudağı böyle aşağıya sarkık ve kalındı. İlk kez halası öyle sevdi;

"Ay benim döş dudağım, ay benim hoş bebeğim..." dedi.

Ama Döş Dudak, halasının küpelerine öyle bir yapıştı ki, elinden kurtarana aşkolsun...

"Yavrum bırak!.."

"Hı hı hı..."

Öyle güçlü, öyle hırslı; bırakmıyor... Sağ eliyle halasının kulağına asılmış, çekip duruyor... Hala bağırdı:

"Yengeee beni kurtar!.."

Hemen anladı annesi. Mutlaka çocuk halasının parlayan bir şeyine yapışmıştı... Mutfaktan fırladı. Odaya girince, gülüverdi:

"Bildim" dedi, "senin bir şeyine yapıştığını..."

Oğlunu kendi kucağına almak istedi ama olası mı, öyle yapışmış ki kulaktaki küpeye, nerdeyse halanın kulağı yırtılacak... Hala;

"Öpücükler öpücükler, muç muçlar" diye sesleniyor, anne;

"Gel benim yavrum canım" diyor...

Hayır, Döş Dudak'ın küpeyi bırakmaya hiç niyeti yok!

Anne, birden yana döndü, elini uzattı;

"Gel pisi pisi gel gel pisi pisi..." dedi.

Döş Dudak bir anda o yana dönünce elini kulaktan çekti. Ortada kedi medi yoktu ama bir anda hala da yok oldu. Kulağını kurtarmış, yandaki divanın üzerine sıçramıştı.

Anne de hala da kahkahalarla gülüyorlardı.

Anne, halaya anlattı:

"Ah ah, dün komşu kadın geldi, onun da bu denli bir çocuğu var. Kaşla göz arasında bizimki onun emziğini kapıverdi, alabilirsen al elinden!.. Çocuk nasıl ağlıyor, biz nasıl çırpınıyoruz emziği almak için...

'Ver benim bebişim... Ver benim oğlum...'

Uuu, hemen arkasına saklıyor emziği...

Çocuk elini uzatmış katılıyor ağlamaktan, annesi yalvarıyor,

'Haydi ver yavrum emziğini çocuğun' diyor... 'Bak büyüyünce bahçede birlikte oynayacaksınız, arkadaş olacaksınız...'

Ühüü, Döş Dudak sözden anlar mı? Komşu çocuğun elindeki çıngırağı da kaptı. Aman aman, bir ağıt, bir ağıt çocukta..."

Ne yapsın anne, biliyor çocuğun huyunu, dünyada onun elinden alamazsınız emziği ve çıngırağı...

"Gel pisi pisi" mi?

I-ıh, yutmuyor artık pisi pisi masalını. Ya ne yapıyor? Sımsıkı kapattığı iki avcunu arada bir açıyor, çocuğa gösteriyor. Çocuk emziğinin ve çıngırağının başkasında olduğunu gördükçe basıyor çığlığı, basıyor çığlığı...

Komşu hanım umarsız, ne yapacağını bilemiyor.

"Ne yapacağız komşu?" diye soruyor.

Anne, fısıltıyla;

"Uyku saati geldi, üç-beş dakikaya uyur" diyor...

Ah, çocuğun çığlığında uyumak olası mı? Ama bir anda gözleri kapanıyor Döş Dudak'ın, uyuyor...

"Oh!" diyor komşu kadın.

Anne, çocuğunun elindeki emziği ve çıngırağı alıp öteki çocuğa uzatıyor.

"Ah bu çocuk ah!" diyor anne. "Her şeyi kendinin sanıyor."

Komşu kadın;

"Daha bebek komşum, azıcık büyüsün, o zaman her şeyi benimdir diye kapmaz" diyor.

Ama hiç de komşu kadının söylediği gibi olmuyor...

Hayır hayır, Döş Dudak hiç ana sınıfına gitmedi. Ama sokağa çıktığı ilk gün elinde bir topla geldi. Anne sordu:

"Oğlum o top kimin?"

Çocuk iki kez topu yere pat pat diye vurdu.

"Benim" dedi... "Benim topum..."

İki dakika sonra kapının zili çaldı. Gelen aynı sokakta oturan bir kadındı. Ve yanında Döş Dudak yaşında bir çocuk vardı. Kadın;

"Komşum affedersiniz, sizin çocuk benim çocuğun topunu almış..." dedi.

Döş Dudak ortada yoktu. Odanın birinden sesi geliyordu, bağıra bağıra:

"Benim topum, benim topum, benim topum!.."

Öyle bir bağırma ki, sesten perdeler oynuyor, alt kattakiler, üstü kattakiler duyuyor:

"Benim topum, benim topum!.."

Biliyordu annesi, Döş Dudak'ın yatağının altındaki topunu kapıp oğlunun yanına gitse;

"İşte senin topun..." dese...

Hayır hayır, komşu çocuğun topunu hiçbir zaman vermeyecekti... Zaten çekip elinden alırsa? O zaman yarım saat ağlama dinle, hem de;

"Benim topum, benim topum!.." diye.

Komşu kadına kaş göz etti anne, uyuma öykünmesi yaptı, parmaklarıyla on beş gösterdi... Yani diyordu ki;

"Biraz sonra çocuk uyuyacak, o zaman ben sizin çocuğun topunu alır, evinize getiririm..."

Razı oldu mu komşu kadın? Olmasın da ne yapsın? Az önce çocuğun sesinin geldiği odanın kapısının kilitlenmesini duymuştu.

"Benim topum, benim topum, benim topum!.."

Komşu kadın çocuğunu önüne kattı, merdivenleri indi.

"Uf uf uf!.." dedi anne.

Akşam babaya anlattı.

"Uf uf uf!.." dedi baba.

İkisi birden;

"Ne yapacağız ilerde bu çocukla?" dediler.

Dedikleri çıktı... Ne özenle almışlardı okul çantasını. Daha doğrusu çantaları... Eve dört tane okul çantasıyla gelmişlerdi... Belki Döş Dudak daha çok çantayla eve gelebilirdi ama ancak dört çantayı yüklenebilmişti.

"Benim çantam!.."

Kırmızı çantayı bırakıyor, yeşil çantayı kapıyordu:

"Benim çantam..."

Onu bırakıyor, sarıyı kapıyor, sarıyı bırakıp turuncuya el atıyordu. Ama birden dördünü kucaklıyor, bağırıyordu:

"Benim çantam..."

Baba sabah erkenden götürüp üç çantayı kırtasiyeciye bıraktı;

"Ne olur arkadaş kusura bakma, çocuk benim diyor başka bir şey demiyor" dedi.

Kırtasiyeci güldü;

"Canım, üç çantanın sizde bir gece konuk kalması önemli değil ama bu çocuk yarın okul açıldığında bakalım nelere 'Benim' diyecek?"

Kırtasiyecinin dediği oldu. Zaten anne-baba da bunu biliyorlardı.

Sınıfta sıraya oturmuş, bağırmış:

"Benim sıraaam..."

Öğretmenine sarılmış:

"Benim öğretmenim..."

Kalemleri toplamış:

"Benim kalemim!.."

Silgileri toplamış:

"Benim silgim!.."

Sonunda bağırmış:

"Benim sınıfım!.."

Hayır hayır, ne öğretmen umar bulabilmiş Döş Dudak'a, ne okul müdürü, ne de eğitim uzmanı. Uzman;

"Psikolog çözer bunu, psikolog" demiş...

Psikolog birtakım psikolojik terimler söylemiş. Ne anne anlamış, ne baba anlamış.

"Bakın" demiş psikolog, "çocuğunuzun çok önemli bir hastalığı var..."

Anne, baba gözlerini ayırmışlar, psikoloğa bakmaya başlamışlar:

"Şimdi çocuk ama yarın ilerde kim bilir neler olacak bu çocuk neler... Bakarsınız başbakan bile olur..."

"Hıııı" demiş anne baba...

"Şimdiden bilemeyiz ki hanımefendi, beyefendi... O zaman da ne der bu çocuk, benim bakanım, benim genelkurmay başkanım, benim valim, benim kaymakamım, benim koltuğum, benim koltuğum..." der.

AKİL ADAM

Yani şu işler bir bitsin, eğer ben de bunu gerçekleştirmezsem, neyim...

Gerçekleştireceğim. Bu ülkede onca işadamı var, onca zengin insan var, onca ülkesi için parçalanan insan var; "Ülkem için acaba ne yapabilirim?" diye düşüne düşüne gözleri açık, sabahı eden insanlar var. Elbette onlardan bir tanesi hemen bu hayırlı, uğurlu, yararlı işe el atacaktır.

"Ben varım arkadaş!" diyecektir.

Haydi ondan sonra hazır bina varsa orada, yoksa hemencecik bir kocaman bina yaratılacak ve üniversite açılacak...

Üniversite ya, adı mı, adı üstünde canım:

"AKİL ADAM ÜNİVERSİTESİ"

İşte bu üniversite ülke için akiller yetiştirecek, o akiller de ülkeleri için yararlı işler yapacaklar. Belki açılışına Obama bile gelir. Çünkü bir bakmışsın öyle akil insanlar yetiştirmişiz ki, aman ki aman, kapan kapana. Hollanda'dan, Almanya'dan, İngiltere'den onar onar, yüzer yüzer akil adam isteniyor. Haydi o zaman yetiştir de görelim. Vur elini başına, yazıklar çek, "tuhtuh"larla kahrol:

"Ah ah, ben daha önce niye böyle bir şeyi düşünmemişim!.."

Sağ olsun, başımız, yöneticimiz, sonunda bunu düşündü ve benim gibi birini akil adam yaptı.

Ah ah, keşke çok daha önceden bu üniversite olsaydı da ben oradan yetişseydim... Eli diplomalı "Akil Adam" olsaydım. Yo yo şimdi akil adam diplomam yok ama seçilmişliğim var. Benim gibi tastamam altmış üç tane.

Breh breh breh, yetmiş üç milyonluk bir ülkeden ancak altmış üç kişi!..

Demek yokmuş başka akil adam. Olsaydı zaten bu sayı yüz altmış üç olurdu, bin altmış üç olurdu.

Şöyle bir düşünüyorum da... Neyi düşünüyorsun? Neyin eksik?

Onu mu düşünüyorsun? Oğlum hiç düşünme. Seçilmişsin sen, elinde koskoca diploman var... Diploma ya... Eğer bunun üniversitesi olsaydı, şimdi elinde diploma olacaktı... Ama olmadığına göre o zaman ne olacak? Yani bu güzelim ülke akil adamsız mı kalacak? Analar ağlayacak, babalar karalar bağlayacak, çocuklar aştan ekmekten kesilip okullardaki ağlama korolarına katılacaklardı. Ama ne oldu?

Ülkemin en akil adamı;

"Şu altmış üç kişi akil adam olsun" dedi, ülkeyi batmaktan kurtardı. Yani sana koskocaman bir akil adamlık diploması sundu.

Ah ah, onun aslında bir elini tutup öteki elini öpmeliyim, sonra öteki elini dudaklarıma götürmeliyim.

"Sağ olun akil adamların en akili, ülkenin babası..." demeliyim.

Diyeceğim, diyeceğim...

Yani var ya, rüyada görsem saniyesinde o rüyayı unutur, aklımın köşesine bile getiremezdim akil adam olacağımı.

İşte o telefon...

Telefonumu kaç kez öptüm, kaç kez yanağıma sürttüm...

"Lan Abuzer, akil adam oldun!.." diye bağırdım.

Dedim ama yerde miyim, gökte miyim, bilmiyorum.

Hıı, inanabilir miyim? Bu ülkenin akil adamı, bunca milyonun içinden ben ve benim gibi altmış iki kişi daha. Altmış üçüncü kim?

BEN...

Ben neymişim be, ben ben ben!.. Burnumun ucundaki beni gördüm.

"Hadi be, sen değilsin lan ben... Ben ben, kendim, akil adamım. Akiiiiil!.."

Bağıracağım, deli diyecekler; koşacağım, uçacağım, amuda kalkıp tombalaklar atacağım;

"Abuzer'i yitirdik" diyecekler.

Lan sakın herhangi bir işletme olmasın... Açtım telefonu...

"Aluuuu, ben akil miyim, hıı?"

"Evet efendim, siz akilsiniz..."

Hı, yüreğim duracak. Verecek yanıt bulamıyorum, soluğum kesiliyor, göğsüm sıkışıyor, başım dönüyor...

Telefonu kapatıp, kendi kendime;

"Aki aki aki" diyorum, bebekler gibi...

Yahu beni akil yapana nasıl teşekkür edeceğim? Hıh sanki kupkuru bir teşekkürle olurmuş gibi... Seni akil yapanın ayağını öpmelisin Abuzer, böyle başını yatay tutup;

"Efendimiz, bendeniz kulunuzum, köleniziim..." demelisin...

Hemen yine telefonu açtım:

"Alooo ben çok yüksek büyüğümüze teşekkür etmek istiyorum..."

"Edersiniz efendim, biraz bekleyiniz, altmış üç akille bir toplantı yapacaklar efendimiz..."

Yahu bu yaşanır, bir başına yaşanmaz, yaşanır bu yaşanır...

İyi de benim ortaokulda iki yıl üst üste tarihten ve yurttaşlıktan sınıfta kaldığımı biliyor mu efendimiz?

Nerden bilsin lan, zaten sen bunu hiçbir zaman söylemedin ki; bir sen biliyorsun, bir de karın. Ah ulan Abuzer, niçin söyledin bunu karına? Hiç mi aklına gelmedi ilerde bir gün akil adam olacağın?..

"Hıh şuna bak, ortaokulda tarihten ve yurttaşlıktan iki yıl üst üste kaldı..."

Ulan akıllı adamsın Abuzer, lisedeki çift dikiş derslerin hiçbirini karına söylemedin...

"Bak Durdunaz, ortaokulda böyleydim ama lisede bir açıldım, bir açıldım, uçtum, uçtum. Nerdeyse bir yılda iki sınıfı birden geçecektim..."

Çüş yalancı!..

Bunlar tatlı yalanlar oğlum. Yani karı-koca arasında böyle yalanlar olmaz mı? Çok doğal yalanlar bunlar, peynir ekmek gibi söylenir.

Ya üniversiten Abuzer?

Ah babanın durumu ah, annenin kanser olması, babanın ülser olması, evinizin yanması, işyerinin sular altında kalması, alacaklıların kapıya dikilmesi...

Hangi genç bu durumda üniversiteyi okuyabilir ki? Oysa ki bir yandan tıpta okuyor, öte yandan hukuka devam ediyor, iktisat fakültesi için sınavlara hazırlanıyordun.

İyi de bir günden bir güne karın sana;

"Keşke Abuzer doktor olsaydın" demedi ki...

Niçin demedi? Canım nereden bileyim. Belki de doktorluğu sevmiyordu.

Belki hukukçu olmanı da istemiyordu. Ya ne olmanı istiyordu?.. Abuzer Abov olmanı istiyordu...

Oldun oldun... Yok canım, ben evlenmeden de Abuzer Abov'dum.

Şimdi bu haberi nasıl vereceğim karıma? Ne haberi be, müjde müjde!.. Hatta müjdeden de öte bir ayrıcalık, bir yükseklik, yani ululuk ululuk...

"Ulu Abuzer!.."

"Hııı..."

"Hıı deme lan artık. Sen akil adamsın, sen bir incisin, sen bir yakutsun..."

Gözün çıksın, aklını almış inciler, yakutlar. Onu karın düşünsün... Sen büyüksün. Öyle büyük öyle büyüksün ki Abuzer, şöyle bir başını kaldırıp sana baksa, görmesi olası mı? Hıh, nasıl görecek, nerden görecek sana bakan? Sen göklerdesin Abuzer, göklerdesin!..

Nasıl, uçuyor muyum?

Yürü bakalım şöyle bir...

Abooov, Abuzer abov, yürüyüşün bile değişti...

Elbette değişecek, ne yani! Sen çok akıllı bir insansın... Yo yo, bu akılla kendine "insan" da deme. Sen insanüstü bir varlıksın Abuzer.

Düşünürsün, görürsün, bilirsin ve bunu insanlara söylersin... Onlar daaaa...

"Hey insanlaaaar, ben akil insanım. Benim küp gibi aklım var. Şu kafa var ya, bu aklı taşıyamıyor, öyle büyük, öyle kıvrım kıvrım ki..."

Rahmetli babacığım, rahmetli anacığım yaşayacaktınız da oğlunuzun ülkede nereye geldiğini, nasıl bir adam olduğunu görecektiniz... Vah babam vah, hiç o zaman söyler miydin o her gün söylediğiniz sözü:

"Ah ah gözlerim açık gidecek, bu oğlan beni öldürecek!.."

Haydi haydi, düşünme bunları, aç karına telefonu... Aç aç ne duruyorsun...

Şöyle sesimi kalınlaştırsam mı, yoksa nezleli gibi mi yapsam, yoksa böyle tok tok mu konuşsam...

"Alooo Durdunaz, ben akil adam oldum..."

"Anlamadım lan Abuzer..."

"Akil adam oldum akil..."

"Kilosunu kaça aldın?"

"Neyin?"

"Aklın aklın..."

Hık, karın ne derse desin, bakmışsınız bu yıl bana vermişler. Neyi mi?

Nobel Barış Ödülü'nü!..

KIRK HURİ

Yahu bu ne biçim iştir?

Sıcak, karanlık ve kâbus...

Neredeyim ben, niçin buradayım? Evim nerede, karım nerede?

Çalışma odama girdiğimde içimdeki coşku nerede? Hayır hayır, burası benim çalışma odam değil. Penceresi var ama penceremin önündeki saksılar yok... Karanfil, ful, melisa ve fesleğen saksılarım nerede? Onların yerine hiç bilmediğim kocaman kocaman ağaçlar var. Bunlar ne ağacı?

Niçin ben buradayım?

Duvarlar yemyeşil, kapı, pencere aynı renk...

Benim çalışma masam nerede, kitap raflarım, dizili kitaplarım, aldığım ödüller, anı fotoğrafları, ressam dostların hediye ettikleri yağlıboya tablolar nerede?

Ya üzerimdeki beyaz giysi? Nasıl giysi bu? Upuzun bir giysinin içindeyim, ayağımda pantolon yok.

Kocaman odanın içinde kocaman bir divan, divanın önünde upuzun bir masa. Masanın üzeri meyvelerle dolu.

Kim yiyecek bu meyveleri? Niçin meyveleri buzdolabına koymamışlar da bu masanın üzerine dizmişler?

Birileri mi gelecek, onlar mı yiyecekler?

Neden birdenbire soğudu oda? Bir rüzgâr esmeye başladı odanın içinde. Saçlarım uçuşuyor. Nereye oturacağımı bilemiyorum. Başım dönüyor, gözlerim kararıyor. Hiç uyumam gündüzleri... Uykum mu geldi? Gece mi, gündüz mü, bilmiyorum ki... Salt sık sık soluk aldığımın ayırdındayım.

Bayıldım da düş mü görüyorum?

Bilmiyorum ki...

Yemyeşil bir hastane odasında mıyım?

Bilmiyorum ki...

Divana oturdum... Meyveler hemen elimin altında. Ama hiç elimi uzatmak, meyvelerden almak, yemek istemiyorum.

Kapı çalınıyor.

Bu denli gürültüyle açılan kapıya ilk kez tanık oluyorum...

Çok uzun boylu, çok uzun saçlı bir kadın. Giysisi aynı benimki gibi, bembeyaz ve uzun. Kadının başında taç gibi bir şey var...

Nasıl bir selamlamadır o? Böyle belini eğip döne döne selamlamayı ilk kez görüyorum. Selamlama değil sanki bir dans, salt müziği eksik.

Kimdir bu kadın, niçin kapıda, niçin beni selamlıyor?

Çalışırken bana çay yapan, kahve yapan yardımcı hanım nerede? Kahve saatimi, çay saatimi bilen, kaç yıldır yanımızda çalışan yardımcı kadın. Felçli karımı annesi gibi seven bu hanım niçin yok oldu?

Uf bilmiyorum!..

Bilmiyorum!..

Bitti mi selamlama? Yo, hâlâ sürüyor. Başımı hafifçe eğip kaldırıyorum. Kaçıncı eğip kaldırışım?.. Acaba bunun için mi selam hiç bitmiyor?..

Başımı kaldırıp indirmeyi kesiyorum...

Oh çok şükür!..

Ben ne bileyim yahu burada kuralın böyle olduğunu!..

Burada mı? Burası neresi? Bağırasım geliyor: "Buraaaasıı neeeereeeesiiiii?"

Soluğum çıkmıyor ki... Kapıdaki selamcı kadın;

"Geç..." diyor. Ardından ekliyor: "Bir..."

İçeriye bir kadın giriyor, aynı giysi, aynı saçlar; ama bunun başında taç yok.

Bu yeni gelen kadın da kim?

Geliyor, geliyor, tam önüme varınca dizlerinin üzerine çöküp oturuyor ve bana bakıyor.

Niye bakıyor ki, birine mi benzetti beni? Yıllarca öğretmenlik yaptım. Yoksa bir öğrencimin torunu mu? Bana kitap imzalatmaya mı geldi? Ama elinde kitap yok ki...

"Geç..."

Kapıdaki taçlı kadın birine daha "geç" diyor... Bu da kim ola?

Bağırıyor:

"İkiii!.."

Yahu bu da mı?

İlk gelen kadının aynısı, boyu, posu, yüzü, bakışı ve gelip önümde diz çöküşü...

Bir ara kendimden mi geçtim? Daldım mı, ne oldu bilmiyorum...

Aaa odamın içinde kaç tane kadın böyle? Hepsi de aynı şekilde oturuyorlar, hepsi de gözümün içine bakıyorlar. Ne büyük bir odaymış bu yeşil oda! İçerde kaç kadın var? Niçin o taçlı kadın hâlâ kapıda?..

Aa aaa;

"Geç" diyor hâlâ. Ve ardından bağırıyor:

"Otuz altııı..."

Otuz altı kadın mı var şimdi bu odanın içinde? Önümdeler, dört sıra oturuyorlar, dizleri bükülü, başları kalkık, gözler bende.

Galiba ben bir okulun sınıfındayım... Belki de bu yeşil oda bir kız lisesinin sınıfı. Ben ne öğretmeniyim? Elbette edebiyat öğretmenisin canım...

Peki dersimizde hangi konuyu işleyeceğiz? Bu kızların niçin ellerinde kitaplar, önlerinde defterler yok?

Ben öğretmenlikten emekli olalı kaç yıl oldu?

Branşımdaki öğretmen sayısı mı yetmiyor, beni de mi çalıştırıyorlar? Ama benim gücüm yok ki... Ben öyle artık ders anlatamam, onların sunumlarını dinleyemem, tartışmalarına dikkatimi toplayamam ki...

Ben ne yaparım? Öykü yazarım, roman yazarım, anılarımı yazarım..

Kapıdaki kadın bağırıyor:

"Kıııırkk!.."

Tastamam bir sınıf sayısı, kırkı tamamlamışız. Niçin bu kızların hepsi birbirine benziyor, iki olsa, ikiz diyeceğim, üç olsa üçüz diyeceğim, ya kırk taneye ne diyeceğim, kırkız mı?

Böyle şey olur mu? Pencereden bulut girer mi içeri? Yeşil pencereden bulutlar giriyor içeriye. Kırkızların üzerinde dolaşıyor... Bulutların arasında taçlı kadın yine bana selamlar veriyor...

Hayır hayır, selam vermeyeceğim... Bağırıyorum:

"Kim bunlar?"

"Huriler..."

"Neee?"

"Hurileriniz efendim..."

"Amanın benim hurilerim mi?"

Taçlı kadın kafasını sallıyor:

"Sen kimsin?"

"Huri başı..."

"Ne yapacağım ben bu kızları huri başı?"

"Onlar sizin efendim.. Ne yaparsanız yapın..."

Yahu ben kimseden huri muri istemedim ki... Şimdi bu hurilerin karnı nasıl doyacak? Yayınevinden aldığım telif ücreti belli, masrafım belli... Her gün sekiz kilo et yeseler?..

Amanın ben nasıl karşılarım bu masrafı? Birer yumurta yeseler kırk tane, ikişer yumurta yeseler seksen tane eder...

"Huri başı, bu kızların hiçbir işi yok mu?"

"Olmaz olur mu, hepsi de size hizmet edecekler..."

Bağırıyor muyum, içimden mi konuşuyorum, bilmiyorum ki...

"Yahu bunların kremleri, rujları, giysileri, çamaşırları, kuaförleri, tektaşları..."

Yandım, bittim, ben öldüm yahu öldüm...

Yok ölmemişim, kanter içinde kalmışım.

Gözlerimi açtım.

Uf aman yahu, dünya varmış be!..

Bir kez daha bak oğlum şöyle yanına yönüne...

Yok oğlum yok, bir tane bile huri yok.

Eşim sesleniyor:

"Uyandın mı Muzaffer?"

"Uyandım hanımcığım, uyandım... Pooof!.."

AYRAN

"Pikniğin de tadı kalmadı yahu!.."

Bunu emekli Rıza Amca söylüyor.

Rıza Amca rahmetli babamın arkadaşı. Babam gitti ama biz Rıza Amca'yla dostluğu sürdürüyoruz. Eşim de hem Rıza Amca'yı, hem de eşi Vasfiye Teyze'yi çok seviyor. Ama bu dostluk babamın zamanındaki gibi değil. Eh, biz karı-koca yılda bir veya iki kez gideriz Rıza Amcalara. Onlar da bize yılda üç veya dört kez gelirler. Onlar yaşlı, biz çalışan karı kocayız. Kimi yaşlı, akşam yemeğini yer yemez uyur, kimi yaşlı da gece boyunca oyalanır da oyalanır, bir türlü uykusu gelmez. Eh, bir de bunun üzerine konukluğa giderlerse, ya orada uyurlar ya da kimseye söz bırakmaz, konuşur da konuşurlar.

Rıza Amca ve karısı bize yemekten hemen sonra gelirler, hem de daha önceden haber vererek. Öyle gece yarılarına dek de oturmazlar. Eh işte, sağlık şu bu, biraz da olaylardan, politikadan, ondan sonra Rıza Amca;

"Haydi Vasfiye, biz kaçalım!.." der.

Öyle börekti, poğaçaydı, kurabiyeydi, onu da yemezler. Kola falan hiç içmezler. Onlara limonu sıkar limonata hazırlarım. Benim yaptığım limonatayı Rıza Amca da Vasfiye Teyze de öve öve bitiremezler...

Rıza Amca arada sırada içki de içer, bilirim... Babam da, Rıza Amca da pikniğe gitmişlerse mutlaka rakı içerler.

Öyle çok değil canım, birer duble... Ama nasıl içme!.. Tadını çıkara çıkara... Öyle ya, her ikisi de her zaman içen insanlar değiller ki...

Bardakları hep ellerindedir, şöyle dudaklarını uzatıp bir yudum alırlar, sonra bardaklarına uzun uzun bakarlar. Aynı dondurmasını yalayan çocuğun her yalayıştan sonra külahına baktığı gibi.

"Ah oğlum Arkın ah, yani kaç yıldır pikniğe gittiğimiz yok hanımla..."

Karım da, ben de ilgiyle dinliyoruz. Çocuklar odalarında, ya müzik dinliyorlar ya da bilgisayara bakıyorlar.

"Ya ya" diyor Vasfiye Teyze, "birdenbire karar verdik... Aman aman ne karar ama..."

"Üf üf üf, sanki gençmişim Serap kızım... Koştum gittim kasaba, yarım kilo kuzu pirzolası aldım..."

"Yarasın Rıza Amca" diyor eşim.

"Yarım kilo pirzola çok ama kır havası, hiç belli olmaz ki... Yo yooo öyle her gün et yiyen insan değiliz. Zaten ne Vasfiye seviyor eti artık ne de ben. Ama pikniğe gitmek olunca... Bakkala uğradım. Yahu biz rahmetli babanla kırda ne güzel içki içerdik! Niyetim orada bir duble rakı içmek, bu arada rahmetliyi de anmak. Bakkal;

'Buyrun Rıza Bey' dedi.

Rakı şişelerine baktığımı görünce adamın gözleri iri iri açıldı.

'Rakıya mı bakıyorsun Rıza Bey?' diye sordu.

'Evet' dedim. Adam soluğunu verip sandalyesine oturdu.

'Acaba bu küçük rakının daha küçüğü yok mu?' diye sordum.

'Var Rıza Bey, ama onu ancak süpermarketlerde bulabilirsin. Bizim bakkalda gitmez. Zaten burada içki satmamızı da yasaklayacaklarmış yakında. Dükkân camiye yakınmış da...'

'Haberim var' dedim.

Eh şimdi en yakın süpermarket nerede? Mutlaka otobüse binip gitmem gerekli... Unutmuşum ki, bir küçük rakıdan kaç duble çıkar? Dört çıkar, beş çıkar, neyse, kalırsa kalsın gerisi, dedim. Hem rakı şişesini görünce belki içimde bir istek daha uyanır, haydi pikniğe gideyim diye... Rakı bozulmaz ki, ekşimez, kokmaz...

'Ver ver' dedim bakkala...

Eh oracıktan bir marul, biraz nane, biraz maydanoz... Şöyle bir güzel salata, yanında yemyeşil nane maydanoz, eti de keser takma dişlerim, yeşilliği de...

Oh, gel keyfim gel!..

Gel de... Keyfime okudu bizim manav.

Yıllardır adamdan nane almamışım, yeşil erik almamışım...

'Hayrola?' diye sordu.

'Vasfiye'yle pikniğe gideceğiz' dedim. 'Pirzola da aldım...'

'Oh oh oh!' diye bağırdı manav. 'Pikniğe ha!.. Orada pirzola yiyecek, nane çiğneyeceksin?'

Elimdeki poşeti gösterdim;

'Rakı da içeceğim' dedim.

'Rakı mı Rıza Amca? Deme rakı ha?.. Benden söylemesi, yanında rakını da götür ama unutma ki açıkta rakı içmek yasaklandı. Daha doğrusu içki içmek... Ya evinde içeceksin ya da meyhanede...'

Hıı, duymuştum, haberlerde de dinlemiştim, başbakanımız ayyaş gençlik istemiyormuş... İyi de biz genç değiliz ki, bir ayağımız nah şunun şuracığında çukurda. Bu yaştan sonra içip de nara mı atacağız?

Manav kestirdi attı:

'Benden söylemesi amca...'

Denmez ama nerdeyse ağzımdan çıkacak: Söyledin de iyi halt ettin...

Neyse oğlum, kızım, biz pikniğe gittik. Elbette otobüse bindik... Aman aman ne zamandır kıra gitmemişiz ki... Bir de güzel kırlık yer, yavrum, kelebekler var, böcekler var. Bir güzel koku, çiçekler yanımızda yöremizde...

Mangalı yakıverdim. Açıkta içki içmenin yasaklanmış olduğunu Vasfiye'ye söylemedim. Ateş yanıyor, teyzeniz pirzolayı hazırlıyor, ben pirzolaları ızgaraya diziyorum. Hanım soğan salatasını yapıyor. Izgarayı mangalın üzerine koyuyorum... Oh etin kokusu oh!.. Ne zamandır böyle bir kokuyu ne ben duymuşum ne de Vasfiye...

Aa aaa polisler de dolaşıyor mu ne? Eskiden burada hiç polis olmazdı.

Birden ağzımdan çıkıverdi;

'Açık yerlerde içki içmeyi yasaklamışlar' deyiverdim...

Amanın keşke söylemeseydim, Vasfiye hemen rakı şişesini kaptı, torbanın en altına koydu.

'İçemezsin burada Rıza, evde iç...' dedi."

Vasfiye Teyze başını sallayarak lafa girdi;

"Bu yaşta, polis, karakol, mahkeme, hapislik, bunlarla uğraşamayız biz" dedi.

Rıza Amca iki kez dizine şap şap diye vurdu.

"Piknik zehir oldu, zehir..." dedi. "Yanıma yöreme baktım, nedense herkes ayran içiyordu oğlum..."

Gülmeye başladım.

"Gel bu pazar pikniğe gidelim Rıza Amca" dedim.

"Cık" dedi.

"Rakı da içeceğiz" dedim.

Rıza Amca karısına baktı, ikisi birden eşime baktılar. Eşim başını salladı. Birden gülmeye başladılar. Sonra başlarını salladılar. Rıza Amca;

"Rahmetli babanı anarız" dedi...

"Anarız ya..." dedim.

Pazar sabahı Rıza Amca'yla Vasfiye Teyze geldiler. Biz çoktan hazırız. Serap her şeyi hazırlamış.

Bindik arabamıza. Çocuklar evde kaldı. Biz dört kişi yapacağız pikniği.

Rıza Amca, ikide bir torbanın içinden çekip çıkarıyor, rakı şişesini gösteriyordu.

"O şişe arabada kalacak Rıza Amca, bende var içki" dedim.

Piknik yerine varınca, Rıza Amca'nın gözleri iri iri açıldı;

"Burası aynı yer oğlum, burada polisler geziyor" dedi.

Güldüm...

Kilimimizi serdik, yayıldık. Ben ateşi yaktım, Serap tavuk parçalarını, etleri ızgaraya dizdi... Et pişti pişecek, Rıza Amca'nın gözleri fıldır fıldır dönüyor, rakı şişesi ne zaman ortaya çıkacak, diye bakıyor...

Rakı yok... Rıza Amca'nın boynu büküldü bükülecek... Bardaklarımıza ayran koydum.

Oh mis gibi etler... Öyle de güzel pişmiş ki... Karı-koca;

"Buyrun" diyoruz...

Rıza Amca buyuruyor ama sıkıntılı. Fısıltıyla soruyor:

"Rakıyı ne zaman içeceğiz oğlum Arkın?"

Ayran bardağını kaldırdım, içiverdim, lık lık lık... Sonra, Rıza Amca'nın kulağına fısıldayıverdim:

"Rakı ayranın içinde..."

Rıza Amca'nın gözleri parladı, yüzü güldü, kaç yudum aldı ayranından bilmiyorum, öyle bir "ohh" çekişi var ki...

"Yarasın Rıza Amca!.."

Rıza Amca yöresine baktı. Güldü, kahkahalarla güldü...

"Yahu oğlum Arkın, herkes ayran içiyor burada yahu..."

"Evet Rıza Amca evet, Serap da ayran içiyor, Vasfiye Teyze de ayran içiyor, yarasın!"

Yarım saat sonra Vasfiye Teyze türkü söyleyerek oturduğu yerde oynamaya başladı:

"Kekliği düz ovada avlayalım!"

KUCAĞA OTURMAK

Kucak ne, kucak?

Bunu ufacık çocuk bile bilir.

"Gel yavrum seni kucağıma alayım. Gel çocuğum seni kucağıma oturtayım" dersin, çocuğun yüzüne bir gülümseme yayılır, gelir kucağına oturur.

Oturdu mu kucağına, saçlarını okşarsın, yanağını okşarsın;

"Kimin yavrusuymuş buuu, kimin kuzusuymuş buuu?" diyerek şapur şupur öpersin. Eh, çocuk artık yayıldıkça yayılır, yerleştikçe yerleşir kucağa. Durup durup yüzüne bakar, artık ne isteyecekse;

"Bana o oyuncağı alacaksın değil mi anneciğim?"

"Bana o kocaman çikolatayı alacaksın değil mi babacığım?"

"Bana masal anlatacaksın değil mi anneanneciğim" demeye başlar.

Artık, bu içten isteklere karşı çıkma şansın yoktur. Hepsine;

"Evet evet evet" dersin.

Annenin kucağında oturan çocuk o anda en mutlu çocuktur. İşte bu mutluluk, bu sevgiye doyuş, bazen onun uykusunu getirir, gözlerini kapatır, kucakta uyumaya başlar.

Ne yapar onu anne veya baba?

Biraz daha kucağında tutar, uyuyan çocuğun yüzüne bakar, ondan sonra yavaşça yerinden kalkar, yatağına yatırır.

Anneanneden patates kızartması mı istemişti çocuk, hemen anneanne patatesi dilimler, yağı tavaya döker, geçer ocağın başına, torununa patates kızartır.

Niye?

Torunun sesini duyduğunda, seslenmek için:

"Yaaaavruuuum, gel bak yanıma ne yaptım?"

Çocuk koşar gelir anneannesinin elindeki tabağı kapar, masaya oturur, isterse eliyle, isterse çatalla patatesini yemeye başlar.

O anda da doyum ve mutluluk anneannededir.

Ne güzel bir mutluluk, ne güzel bir doyum.

Ama bir...

Tuh tuh tuh, söylemeye dilim varmıyor başbakanımızın söylediği sözü...

Haydi söyle söyle...

Söyleyeyim mi?

"Kızınız bir erkeğin kucağına oturursa..."

Üfff!..

Kız gidecek, bir erkeğin kucağına oturacak!

Kaç yaşında bu kız?

Sorulur mu hiç koskoca başbakana;

"Sayın başbakan bu kız kaç yaşında acaba?" diye.

Ühüüü, bunu sorarsan ardı gelir:

"Nereli bu kız?"

"Anası babası var mı?"

"Üniversiteli mi?"

"Ev kızı mı?"

Yani başbakan da oturup bunlara bir bir yanıt verecek ha? Şimdi bunlar soru mu yani bu yapılan eylemin yanında? Eylem ne idi peki?

Yetişkin bir genç kız, yetişkin bir genç erkeğin kucağına oturmuştu...

Ay ay soru yine çok! Kalk bakalım bu denli çok sorunun altından kalkabilirsen...

"Kız şişman mı, yoksa çöp gibi zayıf mı?"

"Erkeğin kucağına sığıyor mu, yoksa yanlarda taşkınlık var mı?"

"Acaba oracıkta oturacak yer yoktu da kız onun için mi gitti, erkeğe rica etti, 'Acaba kucağınıza oturabilir miyim' dedi?"

Erkek de ona ne dedi:

"A buyrun oturun, rica ederim..."

Erkek elindeki kitabı sıcaktan bunalmış kızın yüzünü serinletmek için yelpaze olarak mı kullanmaya başladı? Şu duyguya bak...

Kız ne yapıyor, yayıldıkça yayılıyor mu?

Erkeğin dizleri ağrıdı mı acaba?

"Ay bu kız da oturdu, kalkmasını bilmiyor" diye mi geçiriyor içinden?

Yoksa erkeklerin kucakları kızları oturtmak için mi yaratılmış?

Peki kızların kucakları? Onlarınki de erkekleri oturtmak için mi yaratılmış?..

Haydi haydi lütfen saçmalama! Soruyorsan ciddi sorular sor. Biz şunun şurasında çok önemli bir şeyi konuşuyoruz. Zaten başbakan önemli bir şey olmasaydı bunu söylemezdi. Başbakanlar her zaman önemli şeyleri söylerler. İnsanların dikkatlerini önemli şeylerin üzerine çekerler.

Öyle ya...

"Anneciğim o abla niçin o abinin kucağına oturmuş?"

Yaa gördünüz mü?

Haydi al bakalım, işin içinden çıkabilirsen çık! Anladın mı şimdi kalın kafalı, kucağa oturmanın ne denli önemli olduğunu? Haydi bakalım, ne diyeceksin bu çocuğa? Çocuk öyle gözünü dikmiş ki o ablaya, abiye... De hadi de bir şey söyle!..

"Yavrum o ablayı köpek ısırmış..."

"A öyle mi, haydi gidip bakalım anneciğim..."

"Hayır hayır, bizi de ısırabilir..."

Hıh, yutturdun değil mi çocuğa? Nah yutturdun!

"Anneciğim ablayı köpek ısırmış da, abla niçin gülüyor?"

Anne çocuğun kolundan çekiyor... Yavaş anne yavaş, çocuğun nerdeyse kolunu koparacaksın.

"Oğlum bakma artık o yana..."

Bu kızın babası nerede? Nerede mi?

Kim bilir şu anda hangi ağır işin altında, pofluyor, terliyor, akşama karısının pişireceği kuru fasulyenin düşünü kuruyor. Belki de bir memur, kızının okuluna vereceği parayı düşünüyor. Çünkü o paranın ay sonuna dek bankaya yatması gerekiyor.

Memur baba bağırıyor:

"Ulan buzdolabı, bozulmak için ayın sonunu mu buldun?"

Karşısındaki vatandaş;

"Ben kimseye bozulmadım memur bey" diyor.

"Afedersiniz afedersiniz, size söylemedim efendim..."

Kız noldu kız? Ne olacak, hâlâ erkeğin kucağında oturuyor. Erkek kıza şiirler okuyor.

Hep erkek mi okuyacak, şimdi de kız başını erkekten yana çeviriyor, bu kez o sevdiği şiirleri erkeğe söylüyor.

Dizeler bir müzik ezgisi gibi erkeğin kulağında uçuşuyor, dudakları yayıldıkça yayılıyor, kızı saçlarından öpüyor.

Kız yarınki sınavı unutmuş, uçmuş gitmiş, çok çok ötelere...

Erkek de bir gün önceki sınavının kötü geçtiğini şiirin imgeleriyle unutuyor...

Unutuyorlar...

Şimdi kızın kapkara gözlerindeki ışık gelip erkeğin ela gözlerinin içine bir kelebek gibi giriyor.

Denizin dalgası bir aşk şarkısı söylüyor. Bu şarkıyla martılar kızla erkeğin yanında dans ediyor... Çok uzaklardan bir ardıç kuşunun sesi geliyor.

Erkek de, kız da yoklar sanki burada, papatya tarlalarının üzerindeki iki arı gibi kırmızı gelinciklerin üzerine konuyorlar...

Kalın bir ses bağırıyor:

"Lan bak kız herifin kucağına oturmuş... Tu tu tu!.."

Öteki katılıyor:

"Abooov!.. Cık cık cık!.."

Başka bir ses iki sesi de bastırıyor, gümbür gümbür:

"AMERİKA'NIN KUCAĞINA OTURMAMIŞ YA!.."

TA TA TA...

Karı-koca bir odanın içinde yaşıyoruz. Yatak odamız, oturma odamız, mutfağımız bu bir oda. Banyomuzu da bu odanın içinde yapıyoruz. Kocaman bir leğen aldım. Bu leğenin içine girip yıkanıyoruz.

Elbette bu odanın bir de kirası var.

Benim gibi köyünü kentini bırakmış, bu kente gelmiş bir insanın üç odalı, dört odalı dairesi olacak değil ya...

İş bulursam çalışıyorum, bulamazsam gelip evde oturuyorum.

Ah ah bu odacık da olmasa ben ne yaparım, Asiye ne yapar?

Üstelik birbirimizi sevdik de evlendik... Ne karışan oldu köyde ne eden. Zaten kimi kimsemiz yok ki...

Köyde iş yok, ekmek yok, aş yok...

Haydi oradan kente...

Sanki orada iş mi var? İş yok ama evin kirası çok...

"Ne yapacağız Asiye?"

"Ne bileyim Yusuf?"

Yok, ikimiz de bir şey bilmiyoruz. Çorbayı, salatayı, yumurta ekmeği bulursak yalayıp yutuyoruz. Bulamazsak;

"Yarına Allah kerim" deyip yatıyoruz.

Ama olmuyor... Haydi ikinci gün de aç...

Düşündük, düşündük, sonunda karar verdik.

"Gidelim Asiye gidelim!.."

"Gidelim Yusuf gidelim!.."

Zaten iki-üç kap kacaktan, bir de yataktan başka hiçbir şeyimiz yok ki. Herhalde gittiğimiz koca kentte de kiralık bir yer buluruz. Duymuştum kahvede. Odalar varmış. Hem de kirası buraya göre çok ucuzmuş...

İyi de nasıl gideceğiz o büyük kente? Yol parası yok ki. Orada bizi birkaç gün geçindirecek üç-beş kuruş yok ki.

Kentteki hana gittim. Acaba koca kente gidecek kamyon var mı? Olur ya birinin eşyalarını götürür, bir yük götürür...

Eh artık raslantı diye buna denir, şans diye buna denir.

Varmış bir kamyon, yarın buradan kalkıp büyük kentin yolunu tutacakmış. Sürücüye yol arkadaşı gerekliymiş, konuşa konuşa gidermişiz.

"Ama karım da var" dedim.

"Olsun arkadaş" dedi.

Karşılığı mı? Eh ilerde gelir bir gün benim evimde kalır, ödeşirmişiz. Nasıl olsa koca kente sık sık geliyormuş. Vereceği adrese bir mektup atar, nerede oturduğumu belirtirsem bu iyi yürekli Tosun bir gün konuğum olurmuş...

Vay koca kent vay!..

Ne zormuş koca kent!.. Oda bulduk, yatağımızı kap kacağımızı taşıdık. Sağ olsun Tosun'un verdiği üç-beş lirayla oldu bu...

Yok yok, Tosun'a ne o üç-beş kuruş borcumu ödeyebildim, ne de evimde konuk edebildim. Büyük kentin, bizim küçük kentten bir farkı yoktu ki. Orada yoksulsan, burada da yoksulsun. Orada işsizsen burada da işsizsin.

Yahu her işe razıyım.

İşte öyle, her işin başında birkaç kişi, sıra bekliyor... Oraya koş, buraya koş. İş bulabilirsen bul Yusuf...

Yapılmakta olan yapıları geziyorum... I-ıh, işçileri tamammış. İçlerinde acıyanlar da oluyor, odamı anlatıyorum, Asiye'nin durumunu anlatıyorum, bir de olmayan çocuğu ekliyorum... Acıyan oluyor. Haydi bir-iki günlük iş veriyorlar...

Sonra?

Ya bir de çocuk olsaydı?

"Gerçekten, bizim çocuğumuz niye olmuyor Asiye?"

"Ne bileyim Yusuf..."

Biz evleneli iki yılı geçti. Ama iyi, olmaması iyi. Asiye de aynı şeyi söylüyor:

"Çocuk bakacak güç mü var bizde? Çocuk bir gecede donar bu buz gibi odada..."

Odaların sahibi öyle sevecen ki, bizim televizyon alamayacağımızı bilmiş, avlunun arkasına bir televizyon koymuş, akşam minderini kapan çoluk çocuk bu televizyonun başında... Durmadan diziler izliyoruz... Bazen de haberleri izliyoruz.. Haberlerde en çok da Suriyelilere kızıyoruz... Hepimiz homur homur homurdanıyoruz...

Biri bağırıyor:

"Biz burada sürünürken, oradan gelenlere oh ne güzel çadırlar, aylıklar, yemekler..."

Evet yemekler... Adamların bazen gelen yemeği beğenmeyip yemediği oluyormuş. İşte o zaman aldıkları aylıkla haydi bakalım köfteciye...

Ah ah, biz Asiye'yle son köfteyi hangi yıl, hangi ay, hangi gün yemiştik?

Unuttuk ki...

Bu haberleri izlerken, kafamda şimşek çakıverdi... O gece Asiye'ye;

"Buradan da gidiyoruz Asiye" dedim.

"Deli misin, daha geleli altı ay olmadı" dedi.

"Suriye'ye gideceğiz" dedim.

"Suriye'ye mi?" diye bağırdı.

"Hiiş, sus kız, kimse duymasın" dedim.

Bir sabah odanın kapısını kilitledik, çıkıverdik avludan.

Ah canım karıcığım, daha şimdiden dilsiz olmaya alışmıştı Asiye. Bir şey sorsam kaşıyla gözüyle yanıt vermeye çalışıyordu. Aslında ben de onun gibi yapmalıyım. Şimdiden dilsizliğe alışmalıyım.

Biriktirdiğimiz parayla kendimizi Hatay'a attık. Şöyle bir araştırma... Yahu burada herkes uzman. Kime sorsan, ühüüü anlatıyor da anlatıyor...

Çıkanı soran yok!..

Gireni soran yok!..

Kontrol yok, kimlik yok!.. Yani yolgeçen hanı. Bugün çık yarın gel...

Hangi kapıdan çıkalım? Oh oh oh, bunun için de dolmuşlar var. Sizi kapıya dek götürüyormuş.

"Ahacık orda Suriye, elini kolunu sallaya sallaya git arkadaş" diyormuş sürücü.

Eh, biz de elimizi kolumuzu sallaya sallaya gideriz Suriye'ye... Ahacık bir kapı ne ki? İşte şuracıktan geçtin miydi Suriye'desin...

Yok yok bu kapıdan girme, öteki kapıdan gir... Oralara da dolmuşlar varmış, taksiler varmış. Bizim para orada da geçerliymiş... Ah cebimizde para kalmışsa.

"Eee şimdi Yusuf?"

Hayır hayır konuşarak sormuyor Asiye, işaretlerle soruyor...

Ben de konuşmuyorum, elimle kolumla Türkiye tarafını gösteriyorum.

"Yolu tutar gideriz" der gibi başımı öne uzatıyor, elimle yol işareti yapıyorum.

Taksici bizi kazıkladı galiba... Olsun olsun... Son paramızı da ona verdik, şimdi artık bizi hayırsever, Suriyeli sever Türkiye bekliyor...

Biz iki gariban, ben ve Asiye Suriyeliyiz ve o zalim Esed yok mu o Esed, boynu devrilesice, onun zulmünden kaçıyoruz. Nasıl olsa Türkiye bizi sahiplenecek, çadır verecek, yemek verecek, giysi verecek, çamaşır verecek... Aylık da verecek.

Onun karşılığı, yok yok, hiç yok. Salt konuşmayacağız, hiç konuşmayacağız. Benim için de, Asiye için de çok zor olacak ama ne yapalım, herhalde oda kirası vermekten, soğuktan donmaktan, aç yatıp aç kalkmaktan daha iyi dilsiz olmak...

Canımız çok konuşmak isterse, çadırımızdan çıkar, oradan uzaklaşır, bir tenha yerde karı-koca iki söz ederiz...

Aslına bakılırsa söze de gerek yok. Karnın tok, sırtın pek, güvendesin, oda sahibi başında değil, varsın çenen de açılmasın...

Girdik geri ülkemize, ne karışan var, ne görüşen... Eh şimdi kapıdakilere görünmek gerek... Anlatıyoruz işaretlerle, ağzımızı açıyoruz ama hiç konuşmuyoruz. Ben silah öykünmesi yapıyorum, Asiye maşallah artist gibi dayak öykünmesi yapıyor.

İkimize de acıyorlar...

İkide bir yeri öpüyoruz, ellerimizi şükür anlamında havaya kaldırıyoruz.

"Vah vah, ikisi de dilsiz... Çok da sıkıntı çekmişler" diyorlar.

O gece taskebabı, pilav, kadayıf yiyoruz...

Elimi kaldırıyorum havaya dua eder gibi, dilsizim ya... Fakat;

"Ta ta ta..." demesini biliyorum...

Oradakilerin hepsi şıp diye anlıyorlar, Tayyip'e dua ettiğimi... Onlar da ellerini kaldırıyorlar, Tayyip'e, hükümete dua ediyorlar.

İki gün konuk çadırda kaldıktan sonra üçüncü gün kendi çadırımız oldu... O denli mutluyuz ki Asiye'yle, çadırın içinde de yatağımızın içinde de konuşmuyoruz. Mutluyuz ya, karnımız doyuyor ya...

Bir hafta sonra aylığa bağlandık... Artık Asiye de öğrendi, ellerini havaya kaldırıp o da benim gibi;

"Ta ta ta..." demeye başladı.

SABAHA KARŞI POLİS BASKINI

Başbakan dediğin gündem yaratmalı.

Ben salt bizim başbakanın gündem yarattığını sanıyordum. Meğer dünyanın neresinde bir başbakan varsa gündem yaratırmış.

En çok da insanları mutlu yaşayan ülkelerin başbakanları halkı tekdüze yaşamdan kurtarmak için gündem yaratmak zorundaymış.

Öyle ya, halk yönetimden o denli memnun ki...

Yönetim çalmıyor, kayırmıyor, yandaş nedir bilmiyor, basın özgürlüğü üst düzeyde. İnsanlar istediklerini istedikleri şekilde anlatabiliyorlar. Öyle evlere sabaha karşı polis baskını yapıp darmadağın etmek yok... Zaten öyle bir şey olsa bile polis bir evi aramak zorunda kaldı mıydı telefon edermiş, hem de çok kibar, çok ince, çok yumuşak. Şöyle:

"Alooo, hanımefendi, beyefendi, birkaç polis arkadaş sizi ziyaret etmek istiyoruz, acaba konuk kabul eder misiniz?"

Karşı taraf hemen yanıt verirmiş:

"Aaa buyrun buyrun!.."

Artık evin annesi mi olur, babası mı olur, hemen mutfağa koşar çay hazırlarmış, kek hazırlarmış...

Beş-altı kadın-erkek polis neşe içinde kapının zilini çalarlarmış... Aranacak evin sahibi, heyecanla kapıyı açar, konuklarını karşılar;

"Buyrun buyrun!.." dermiş.

Onlarda kapıda ayakkabı çıkarma alışkanlığı olmadığı için, ev sahibi hemen seslenirmiş:

"Girin girin, hoş geldiniz sefa geldiniz!.."

Oralarda polis hiç eli boş gelmezmiş... Her polisin elinde bir paket, içlerinde ayrı ayrı şeyler var, pasta alan var, tatlı alan var, şekerleme alan var. Ne olur ne olmaz evde belki çocuk vardır diye paketlerden bir-ikisinin içinden de oyuncak çıkarmış.

Konuk polisler dosdoğru konuk odasına alınırlarmış, evin babası, annesi tek tek konukların ellerini sıkarlarmış. Sonra hatır sorarlarmış:

"Nasılsınız efendim?.."

"Teşekkür ederim efendim, siz nasılsınız?"

"İyiyim iyiyim..."

Hepsi de ayrı ayrı söylerlermiş:

"Ay rahatsız etmedik değil mi beyefendi?"

"Yooo, hayır hayır..."

"Rahatsız ettiysek kalkıp gidelim hanımefendi..."

"Ay ne rahatsızlığı, çok memnun olduk, çok mutlu olduk..."

Yani böyle bizdeki gibi yanak yanağa öpüşmeleri olsa, hepsi de bir bir kalkıp ev sahibi kadının, ev sahibi erkeğin yanaklarından öpeceklermiş ama öyle bir alışkanlıkları yokmuş...

Ama aynı bizdeki gibi;

"Bugünlerde de havalar çok sıcak" derlermiş...

Bu yıl yağmurun erken başladığını söyleyen de olurmuş...

Haydi ondan sonra gelsin çaylar, gelsin kekler, pastalar...

"Umh umh, efendim bu keki hanginiz yaptınız?"

"Ay söylemeye utanır, kocam yaptı..."

Koca, utanır, başını eğer;

"Afiyet olsun, afiyet olsun, beğendinizse ne mutlu bana" dermiş...

Bir yandan da konukların getirdikleri pastalar masaya konurmuş...

Aman bir sohbet, bir sohbet!.. Tiyatrolardaki oyunlardan, gösterilen filmlerden söz edilirmiş.

Polisin biri filmin adını söylermiş:

"Aman aman görün bu filmi, harika bir film... Gerçi film polisiye ama çok insancıl" dermiş.

Bir gün önce tiyatroya giden bayan polis, hemen oyunun adını söyler;

"Yani var ya şu yaşa geldim, ben böyle konusu güzel bir oyun izlemedim..." dermiş. Oyundan sahneleri anlatırmış. En başarılı olan sanatçıyı söylermiş.

Bunun ardından okudukları kitapları konuşmaya başlarlarmış.

Polisin biri, yazarın ve kitabın adını söyler;

"Bir solukta okudum" dermiş.

Ötekiler dururlar mı? Biri söze karışır;

"Ay sanki ben iki solukta mı okudum, ben de bir solukta okudum" dermiş.

Ondan sonra bu yılki Nobel'i tartışırlarmış...

Komiser olanı kesin konuşurmuş:

"Ben diyorum ki bu yıl Nobel ödülü bu yazarımıza verilecek..."

Odanın içinde bir alkış, bir alkış... Sanki o yazar Nobel'i almış gibi. Haydi ondan sonra Nobel'li yazarlar tartışılırmış, onların kitaplarından söz edilirmiş.

Sohbetin en koyu yerinde kalın sesli komiser;

"Yahu biz bu ziyarete niçin gelmiştik?" diye sorarmış. Ama öteki polislerin hiç umurunda mı, kahkahalarla sohbeti sürdürürlermiş.

Ev sahibi konuklara meyve sunacağı zaman, hemen bir kadın bir erkek polis ayağa fırlar, ev sahibinin ardından mutfağa koşarlarmış, ev sahibi tabaklara meyve koyarken polisler bulaşığa girişirlermiş.

"Ay bırakın ben yıkarım!."

"Ay hiç olur mu efendim? Biz buraya size zahmet vermek için gelmedik ki..."

Biri yıkanmış tabakları kurular, raflara yerleştirirmiş... Ev sahibi;

"Ay çok yoruldunuz, haydi salona geçelim, siz de meyvelerinizi yiyin..." dermiş.

Salonda polisin biri elektrik süpürgesini açmış, van vın çalıştırıyor...

Kalın sesli polis yine sesli sesli konuşurmuş:

"Yahu biz bu evi ziyarete niçin gelmiştik?.."

Hiç yanıt veren olmazmış. Herkes koyulaşmış söyleşiyi sürdürür, güler, kahkahalar atarken biri başbakanın bir gün önceki konuşmasından söz edermiş...

Hepsi birden gülerlermiş...

"Ay ne esprilidir bizim başbakan... Ah ah keşke her gün televizyonlara çıksa da konuşsa..." derlermiş.

Ondan sonra televizyondan başbakanın sesi duyulduğunda hemen çocukların ekranın başında toplandıkları konuşulurmuş.

Başbakan denli çocukların ilgisini çeken başka biri yokmuş ülkede... Gözlerini ekrana dikerler, onun konuşmasının bir sözünü kaçırmaz, bazen de kahkahayı basarlarmış.

Çünkü başbakan çocukları güldürürmüş... Çocuklar hem gülerler, hem de başbakanlarından bir şeyler öğrenirlermiş. Çok evden çocuk çığlıkları duyulurmuş:

"Ben başbakanımızı çok seviyorum."

Başbakan da gerçekten çocukları çok severmiş.

İyi de bu altı polis bu eve niçin gelmişlerdi?.. Kalın sesli komiser durup durup bunu soruyormuş, ötekiler konuşmalarını sürdürüyorlarmış.

Ay bunca sohbet koyulaşır da hiç futboldan söz edilmez mi?

Hemen haftanın maçları ortaya yayılır, başlarlarmış, takımların başarılarını anlatmaya... Bu arada takımın yıldızları masaya yatırılır, onlar konuşulurmuş... Kaçan goller konu olurmuş.

İşte tam futbol konusu kıvamındayken, komiser yine seslenirmiş:

"Yahu arkadaşlar, biz buraya niçin gelmiştik?.."

Yani şimdi bu sorunun zamanı mı? Şunun şurasında futbolun şeker kaymak sohbeti başlamışken, şu komiserin yaptığına bak... Pişmiş aşa su katıyor...

Futboldan hoşlanmayan iki kadın polis ve evin hanımı karşıdaki koltuğa geçerlermiş, hindi dolmasının tarifini yaparlarmış... Öyle ya, şunun şurasında Noel'e kaç ay kaldı ki?..

Oh, kestaneli hindi de ne nefis olur hani!..

Komiser tuvaletin yerini sormuş. Ev sahibi erkek göstermiş... Beş dakika sonra komiser tuvaletten çıkıp;

"Şimdi aklıma geldi arkadaşlar" demiş. "Benim takımın santrforu vardı ya..."

Uuu, sönmeye yüz tutmuş futbol söyleşisi baştan alevleniverirmiş. Mutfaktaki kadın polisler ve ev hanımı armutlu turta tarifine geçerlermiş...

Komiser saatine bakıp;

"Meslektaşlarım geç olmadı mı?" diye sorarmış. Ama onu hiçbiri dinlemez, konuşmalarını sürdürürlermiş... Komiser yine sorarmış:

"Yahu arkadaşlar, biz bu nazik ev sahiplerini niçin ziyarete gelmiştik?"

Ötekiler gözlerini belertirlermiş... Komiser ayağa kalkarmış. Mutfaktakiler çıkıp gelirlermiş... Komiser;

"İlerde bir daha geliriz, nasıl olsa evin yolunu öğrendik" dermiş...

ATIŞ SERBEST

Hiç ama hiç aklıma gelmezdi. Daha doğrusu böyle bir şeyi düşüneceğimin düşüncesini bile kuramazdım.

Ama ülke bu ülke olunca, başka hiçbir umarın yok ki...

Evde rahat rahat konuşamazsın. Nasıl konuşacaksın? Acaba evin neresinde bir böcek var, seni harıl harıl dinliyor? Meretin ne pili bitiyormuş ne de arıza yapıyormuş, yapıştır bir tablonun veya aynanın arkasına, ondan sonra evde neler konuşuluyor, bir bir dinle.

İyi de biz hiç konuşamayacak mıyız? Hiç içimizi dökemeyecek miyiz? "Yahu şu şöyle, bu böyle ama bu çok büyük bir haksızlık, hukuk bunun neresinde? Yani biz de bu ülkenin vatandaşıyız" diyemeyecek miyiz?

Kızıp köpürünce şöyle ağzımızın tadıyla şey edemeyecek miyiz?

Edeceğiz edeceğiz, onun için evden uzaklaşıp gideceğiz.

Yok canım başka kente değil, başka kira evine değil. Nereye gitsen oraya böceği takıyorlarmış. Nasıl böceksiz ağaç olmazsa, böceksiz ev de yokmuş artık. Hiç ummadığın yerlere getirip yerleştiriyorlarmış...

Kimler mi?

Ne bileyim canım. Zaten bilen yok ki... Herkes şikâyet ediyor;

"Evimde, ofisimde böcek bulundu" diyor.

Peki kim koymuş?..

Böcekler bulunuyor ama kimlerin koyduğunu daha ne bulan var, ne de gören.

Burası ev mi... Evet ev... Öyleyse buraya böcek konur. Aynı her eve elektrik verildiği gibi, kapısına numara konduğu gibi...

Sen istediğin denli ara, bul, ortaya çıkar. Sonra onu ayaklarının altında ez... Eee kurtuldun mu?

Yooo, zaten böcek ezilirken bağırıyor;

"Beni eziyorlar, yetişin, yenisini koyun!" diye.

Ne fedakâr, ne ülke sevgisiyle dolu, ne yüreği "vatan-vatan" diye atan insanların böceği!.. Hiçbir tarihte bu ülkede böyle vatan sevgisi olmamıştı.

Sevgi, koruma, tapma iyi de peki biz ne olacağız?

Diliyle konuşanlar değil, içinden konuşanlar mı olacağız?

İstediğin denli içinden konuş, hırsını alamıyorsun ki... Şöyle ağzını açıp bağıra çağıra, dolu dolu, tükrükler saça saça, elini kolunu sallaya sallaya bağıramıyorsun ki...

Böcek hemen anırıyor:

"Abilerim bakın, bu adam ne diyor, bu abla ne diyor? Yetişin gelin canına okuyun!.."

Kimler mi gelecek?

Elbette birileri gelecek, yoksa bu denli masraf niye?.. Her eve, her ofise böcek niye?..

İnsan bazen uykusundan ağzı dolu dolu bağırarak uyanıyor...

Amanın!..

Yahu düşümde mi bağırıyordum yoksa? Yanında hanımın mı var? Hemen sor:

"Hanım ben az önce bağırıyor muydum?"

"Yooo, hiç duymadım..."

"Oh oh!.."

Yoksa, "Düştü de uykuydu da, yoksa ben öyle şeyler söylemem..."

I-ıh yutmazlar bu savunmanı.

Aman nemize gerek, en güzel bizimkisi... En iyisi bu... Ortak akıl canım. Hiç kimsenin değil bu buluş... Ah insanoğlu ah, darda kaldı mıydı neler bulup ortaya çıkarmıyor ki...

Kimin aklına gelirdi, haftada bir gün konu komşu dol arabaya, fırla git oraya.

Yo yo, yanımızda çocuk falan yok. Hiç çocukların önünde öyle... Ay ay ay olacak iş değil...

"Anneciğim, babacığım, bizi niye götürmüyorsunuz?"

"Orası size göre değil..."

"Yırtıcı hayvanlar mı var?"

"Yooo öyle değil de..."

"Kötü insanlar mı var anneciğim?"

Çocuklar ya anneannelerinde, ya babaannelerinde... Eğer onlardan biri rahatsızsa nöbetçi komşuda. Çocukları nöbetçi komşuya topluyoruz. Önlerine hoşlandıkları yiyecekler koyuyoruz. Ellerinde de oyuncaklar... Hele komşu teyze veya amca bir de masal anlatır, birlikte şarkı söylerlerse, yaşadık.. Artık biz gittiğimiz yerde bir güzel ağzımızı açıp avazımızın yettiği denli bağırabiliriz.

Yooo, burayı bulmak da kolay olmadı.

Kente çok yakın canım. Ne güzel bir kırlık işte. Hiç belli olmaz, birkaç yıla kalmaz AVM oluverir.

Bol bol ağaç var, çimenler, çiçekler var, kuşlar böcekler var...

Yooo yoo, bunlar sahte böcekler değil, gerçek böcekler.

Burayı ilk kez, bir yerde şef olan Haldun Bey görmüş. İnmiş, gezmiş, bakmış... Oh oturacak yer var, hatta sırtını dayayacak bir yığın ağaç var. Öyle sahte böcek saklanacak hiçbir yer yok. Böceği yaprağın arkasına saklasalar, rüzgârdan ağaç sallanınca şıp diye görünür. Ağacın tepesine koyacak olsalar, kim çıkacak bu yükseklikteki ağacın tepesine?.. Çalılıkların içine koysalar ya bir hayvan çiğner ya da biri gelip üzerine şapar...

Oh böcek yok!..

Böcek yoksa orada ne var?

Özgürlük var. Konuşma özgürlüğü var...

Haydin bakalım komşular, gidiyoruz, özgürlüğümüze uçuyoruz, ağız dolusu konuşmaya gidiyoruz!..

"Bugün sıra kimin arabasında?"

Var var, çizelgemiz var. Her hafta aynı araba olur mu? Üç araba yetiyor da artıyor. Birazcık sıkış tepiş olsun canım... Giderken zor ama dönerken, ohhh sanki kuşlar denli hafifiz, içimiz boşalmış, salt kanatlarımız eksik, ha uçtuk, ha uçacağız...

Ama biz uçmuyoruz... Giderken ne denli suskun gidersek dönerken o denli coşkulu, o denli neşeli dönüyoruz... Şarkılar, türküler söylüyoruz... Marşlarla yolları inletiyoruz.

Arabanın içinde yedi kişiyiz. Çıt çıkmıyor. Çıkmaz ya... Kolay mı arkadaş, nah üzerinden bir hafta geçmiş, ağzımızı açamamışız, iki söz edememişiz. İçimiz dolmuş da dolmuş, sanki patlayacağız...

Yahu bir an önce varsak oraya!

Vardık, ne olur ne olmaz diye kadınlar ayrı toplanıyoruz, erkekler ayrı. Birbirimizi görüyoruz ama seslerimizi o denli duyamıyoruz.

Şaparken ağzına yakışan var, yakışmayan var... Yakışmayanlardan biri de emekli Nuri Bey... Bir konuşmaya, bir bağırmaya başladı mıydı, breh breh, dirhemini yiyen kudurur. Biliyoruz, kadınlarımız daha duygulu, ne olur ne olmaz diye ilk günden beri ayrıyız.

Hemen belli oluyor nereye geldiğimiz, yüzlerimize o güzel gülücük gelip yapışıveriyor...

Aaa aa bu da ne?

Burada da mı polis?

Evet evet, polis...

İyi de ne arar burada polis?

Arar arar! Polis her yerde hazır ve nazırdır. Kara kaşlı kara gözlü bir polis arabadan inip yanımıza yaklaşıyor.

"Hayrola gençler, buraya içki içmeye mi geldiniz?" diyor...

Hepimiz birbirimize bakıyor, içimizdeki genci bulmaya çalışıyoruz.

Hemen yanıtı emeklimiz veriyor.

"Ha parayı bulduk da iş içkiye kaldı" diyor... "Tövbe tövbe" diye ekliyor.

Polis;

"Kızma beyamca, açık alanda içki içmek yasaklandı da... Ne yapalım, biz de görevimizi yapıyoruz..." diyor.

Haydi polis bey, güle güle... Hemen git de biz de işimize bakalım.

İşimize bakalım da içimiz rahatlasın, gerilmiş sinirlerimiz yerine otursun, iştahımız açılsın, neşemiz yerine gelsin...

Haydi bakalım hanımlar bu yana, erkekler öteki yana...

Dağılıveriyoruz...

Öyle komut vermeye gerek var mı;

"Haydi arkadaşlar atış serbest!" demeye...

Yok yok, hiç yok... Atış hemen başlıyor... Ağzına geleni söyle ve rahatla...

BAYRAM MİKROBU

Herkesin bir şeye merakı var.

Kimi için futbol çok önemlidir. Birkaç gazete birden alır... Sanırsınız ki, bu gazetelerin hepsini okuyacak. Bir kez çok yakından tanık oldum. Yan yana iki koltuğun yolcularıydık. Yanında okumak için sekiz-on gazete getirmişti.

Benim iki gazetem vardı.

Eh, şimdi gel de utanma. Elin adamı ülke sorunlarıyla nasıl ilgileniyor, onca gazeteden kaç yazarı okuyor, kafa patlatıyor...

Ya sen? İki gazetenin haberlerine bakacak, beşerden olsa on köşe yazarının yazısını da okuduktan sonra başını çevirip dağları, ovaları izleyeceksin...

Sen elin adamına bak!..

Galiba Ankara'ya dek, başını gazetelerden kaldırmayacak...

Hiç de öyle olmadı; çünkü adam hangi gazeteyi eline aldıysa, baş sayfadan değil, son sayfadan okumaya başladı. Futbolun bittiği sayfada o gazeteyi katladı, öteki gazetenin arka sayfasını açtı...

Bütün gazeteler bitince de horul horul uyudu. Dinlenme yerinde bile uyanmadı. Ankara otogarında otobüs durunca gözlerini açtı...

Kimi kadın modaya meraklıdır, kimisi mücevhere.

Kimi adam, yeni buluşlarla ilgilidir. Bu tür haberleri birkaç kez okur.

Eh kimi de nerede bir yemek tarifi görse, kadın olsun, erkek olsun okumadan edemez. İster pişirecek olsun, isterse pişirmeyecek olsun.

Ben de sağlık haberlerine, yazılarına çok meraklıyım.

Yo yo, sağlıkçı değilim. Ama nedense bu tür yazılara çok meraklıyım. Dergilerde olsun, gazetelerde olsun, hem de sağlığın hangi konusunda olursa olsun, okumadan duramam.

Hayır hayır, öyle kuruntularım falan yoktur yani.

"Acaba bu hastalık bende var mı? Acaba şuramdaki ağrı bu hastalığın işareti mi?" demem.

Sanırım hiçbirinizin şu yeni mikroptan haberi yoktur.

Hiç olur mu? Mikrobun adı bayram mikrobu... Evet evet hiçbir şey anlamadığınızı biliyorum. Ben de yazının başlığına bakınca hiçbir şey anlamamıştım. Hatta;

"Böyle de mikrop mu olurmuş? Bu mikrop da nereden çıktı?" diye düşünmüştüm.

Ve beni şaşırtan en önemli şey bu mikrobu bulan bir Türk doktoruymuş. Eh, gel de şimdi gururlanma. Kuduzun mikrobunu kim bulduysa, veremin mikrobunu kim bulduysa kendi adını da, ülkesinin adını da tarihin sağlık sayfalarına altın harflerle yazdırmıştır.

Şimdi de bu doktorumuzun adı yazılacak...

Mikrobu bulan: Prof.Dr. Hamdi Hanibal...

Doktorun ülkesi: Türkiye...

Aşağıda da başka bir açıklama var... Profesör çok incelemiş, çok araştırmış, ancak bu mikrop bizim ülkeden başka ülkede görülmemiş.

Bu büyük buluşçumuz profesör çok uzun uğraşlardan sonra bu hastalığa kimlerin yakalandığını da yazmış.

Çocuklar, diyeceksiniz... Yok canım, yok, çocuklarda hiç görülmemiş şimdiye dek. Yaşlı hastalığı da değilmiş.

Ya bu bayram mikrobu kime bulaşıyormuş?..

Yöneticilere...

"Ne biçim mikropmuş bu?" dediğinizi duyar gibiyim. Dergide okuyunca ben de öyle dedim.

"Aaa şaşılacak şey!.. Peki nasıl biliyor o kişinin yönetici olduğunu bu mikrop?"

Profesör araştırmasının o sözcüklerini büyük harflerle yazmış:

"Çok akıllı bir mikrop..."

Okuyunca duraksadım... Canım hiç öyle şey olur mu? Yani mikrop karşıdan görecek yöneticiyi; "Hah işte bu yönetici" diyecek, uçacak, fırlayacak, adamın ağzından burnundan girecek, onu hemen yatağa yatıracak.

İnsan gülmeli mi üzülmeli mi bilmiyor...

O yönetici ki birilerini yönetiyor, yönetirken kafa patlatıyor, şunun şurasında bayram geliyor, bayramı yatakta geçirmek zorunda kalıyor.

Bir doktor arkadaşıma telefon açtım, sordum.

"Olur mu böyle şey doktorum?"

"Çağ değişti, nasıl insanlar bilgisayar çağını yaşıyorlarsa, mikropların da bir bilgisayar çağı olmalı kendilerine göre..." dedi.

"Nasıl?" demişim.

"Daha önemli bir şey söyleyeyim sana, bu bayram mikrobu var ya, en çok başbakanları seviyor. Öyle cin gibi bir mikrop ki, başbakan neredeyse hemen oraya koşuyor, Ankara'daysa Ankara'ya, İstanbul'daysa İstanbul'a, hemen kaldığı yerin penceresinden giriveriyor, isterse üç bin koruması olsun, hop, burnundan, ağzından, hatta kulağından içeri..."

"Kulaktan da ha?.."

"Elbette..."

"Peki bayramın geldiğini bu mikrop nereden biliyor?"

"Dedim ya mikroplar altın devrini yaşıyor diye... Cin gibi onlar cin... Bayram yaklaşıyor, şuracıkta iki gün kalmış, peki başbakan nerede? Nerede olursa olsun, Fas'ta, Tunus'ta, Fizan'da... Hop başbakanı hemen yatağa yatırıveriyor."

"Vah vah vah!"

Doktor benden yufka yürekli çıktı, nerdeyse ağlayacak...

"O istemez mi 23 Nisan Ulusal Egemenlik ve Çocuk Bayramı'nı kutlamak?.. Cıvıl cıvıl çocukların arasında bayramı geçirmek? İçindeki vatan sevgisini, çocuk sevgisini, Atatürk sevgisini çocuklara anlatmak istemez mi?.."

Vah be, bir doktorun telefonda ağlaması çok dokundu bana.

"Önünde sonunda o da bir baba... Kimbilir ne içi yanar, nasıl başını yorganın içine sokar, şu benim akan gözyaşlarım gibi gözyaşlarını kimseye göstermemek için..."

Bu doktor arkadaşı biraz daha dinlersem, galiba ben de ağlayacağım.

Doktor hüngür hüngür devam ediyor:

"İstemez mi bir başbakan, 10 Kasım günü gitsin Anıtkabir'e, Ata'sının karşısında dursun, başını eğsin, onu saygıyla ansın..."

Şaştım...

"Şey doktorcuğum, hani bu mikrop bayram mikrobuydu?"

"Ah ah her mikrobun bir yan etkisi vardır. 10 Kasım da onun yan etkisi. Hani romatizmanın kalbe vurması gibi..."

"Vah doktor beyim vah..."

Doktor bey artık konuşamıyordu, hıçkırığı duyuluyordu.

"Doktorcuğum... Doktorcuğum..."

Ah bendeki şu sağlık merakı...

"Son bir şey soracaktım doktorcuğum..."

Sesi kısık çıktı:

"Sor sor..."

"Dini bayramımız var iki tane... Birisi Kurban Bayramı, öteki Şeker Bayramı..."

"Biliyorum biliyorum... O bayramların aşısı var... Başbakanlar, bakanlar, önemli yöneticiler bu aşıyı yaptırıyorlar..."

BAŞBAKAN DEĞİŞMİŞ

Ne zamandır televizyon izlemiyorum. Hangi televizyonu açsam karşımda... Hep o aynı devinim;

"Biiiiz..." diyor, iki elini midesinin yanlarına götürüyor, ondan sonra dinleyebilirsen dinle.

Hele o yüz, o yüz... Nasıl bir kızgınlık, nasıl bir öfke, nasıl bir kin!.. Bütün bunlar, yüzünden okunuyor. Haydi bakalım artık o haberi dinleyebilirsen dinle, izleyebilirsen izle. İnsan neredeyse kalp krizi geçirecek.

Eşim, haberleri dinlerken sağ elimle kalbimi tuttuğumu görünce;

"Yahu Hüsnü, dinleme şu haberleri, bir gün kalp krizi geçireceksin" demeye başladı.

Eşimle hiç inatlaşmam ama arka arkaya beni uyardı:

"Bak Hüsnü yine elin kalbinin üzerinde..."

Acaba bir kriz falan geçirir miyim, ben de düşünmeye başladım.

Evde ikimiziz. Çocuklar evlendi gittiler. Ühüüü, torunlar bile koca koca insanlar oldular. Biz iki yaşlı artık evde salatadır, haşlamadır, basit yemekler yiyoruz. Tatlı, içki hiç yok. Sigarayı bırakalı zaten kaç yıl olmuş... E, her gün Nesibe'yle bir saatlik yürüyüşümüzü de yapıyoruz...

Hepsi iyi de, akşam olup haberleri dinlerken, ikimiz de zangır zangır...

Uyurken de zangırdamaya başlamışım, yani sıçrayıp duruyormuşum... Sonunda;

"Eee zamanı geldi artık, haber dinlemiyoruz" diye birbirimize söz verdik.

Bir hafta sonra da gazete almamaya başladık.

Oh be, dünya varmış!.. Ben hiç kahveye gitmem. Eşim pek fazla komşu gezmesi bilmez. O alıyor eline kitabını, ben alıyorum elime kitabımı, evin rahat koltuklarında okuyup duruyoruz.

Bazen ben, bazen Nesibe kalkıyoruz, meyve yıkayıp getiriyoruz. Öğleden sonraları çayı ben yapıyorum. İkişer bardak da çaylarımızı içiyoruz.

Oh oh oh!.. Nerdeyse artık,

"Yahuu ben başka bir ülkede miyim?" diyeceğim geliyor.

Uykuda zangırdamalarım da bitmiş, eşim söylüyor.

Ah bir de şu eski dost, eski arkadaş iki ayda bir çıkıp gelmese ya... Benim çocukluk arkadaşım Nedim...

Nedim'le aynı yaştayız. Onun da çocukları yuvadan uçtular. Karı-koca yaşıyorlardı, üç yıl önce Nedim'in karısı öldü. Of of, Nedim için çok acı oldu. Kendini zor topladı. Çocukları başka kentteler, annelerinin ölümünde geldiler, birkaç gün kalıp gittiler. Nedim onların hiçbiriyle gitmedi, evinde kaldı. O zaman ben de eşim de Nedim'e yakın olmaya çalıştık, onu yemeklere çağırdık. Çok şükür sonradan kendini topladı, bir-iki kez çocuklarının yanına gitti ama oralarda çok kalmadı, geri döndü. Şimdi de bazen bana uğrar. İşte o geldiği zaman kahve içerim. Nesibe de öyle güzel kahve yapar ki...

Dün yine geldi... Özlemişim:

"Nerelerdesin Nedim?"

"Buralardayım Hüsnü yahu, kahveye gidiyorum, orada gazeteleri okuyorum, akşam eve dönünce de haberleri izliyorum..."

"Eyvah haberler" deyiverdim içimden... Biliyor, benim artık haber izlemediğimi, gazete okumadığımı. Hele hele başbakan sözünü hiç duymak istemediğimi...

Daha Nesibe kahveleri getirmeden;

"Ah ah dün akşam haberleri izleyecektin Hüsnü..." demesin mi?

Hemen işaret parmağım dudaklarıma gitti.

"Aman Nedim!.." dedim.

"Yahu dur, bir dinle, tastamam senin dinlemek, gözlerinle görmek istediğin bir haber... Sana telefon edecektim ama televizyonu açmayacağını bildiğim için etmedim."

Kahveler geldi, birer yudum çektik.

"Değişti başbakan değişti" dedi...

Neeee, değişti mi? Yok yok ben bunu dinleyemem. Hemen karım girdi araya;

"Ne olur Nedim Bey, çok şükür kocam artık geceleri sıçrayıp kalkmıyor" dedi ama Nedim ne beni dinledi ne de eşimi.

"Dinleyin, dinleyin de şaşın" dedi. "Ah şu gözler neyi gördü dün gece neyi? Yahu zaten bütün Türkiye şimdi bu haberi konuşuyor... İnanmazsın çocukluk arkadaşı, başbakan sokağa çıktı, yanında bir tane koruma yok, bir taneee..."

İnanayım mı acaba?

"Hıh" demişim salt...

"Sana o haberin sidisini bulur getiririm, hem de yarın... Şimdi yanında hiç koruma yok ya neye binip gidiyor, biliyor musun?"

"Çift zırhlı arabasına..."

Şu Nedim'e bak, kahkaha atıyor, elimi tutuyor:

"Bisiklete Hüsnü, bisiklete..."

"Neeee? Olamaz yahu, bu başbakan nereye gidiyor?"

"Ben de merak ettim. Nasıl selamlar veriyor yanından geçenlere... Görenlerin ağzı bir karış açık kaldı. O pedallara basıyor. Hemen simitçinin yanında durdu. Bir simit aldı... Yemin sana 'Yok öyle yirmi beş kuruşa simit' falan demedi, hep der ya... Parasını verdi, yine bastı pedallara... Bir elinde simit, ısıra ısıra gidiyor, arada bir Rize türküsü mırıldanıyor. Hop bir kahveye oturdu, kahveci şaşkın, garson şaşkın... 'Bana bir çay oğlum' diye bağırdı. Çayını içti, simitini yedi. Sonra garsona, 'Kap gel şu tavlayı bana garson' dedi, açtı tavlayı bağırdı: 'Var mı benim karşıma çıkacak?' Yahu Hüsnü orada yarım saat vatandaşla tavla oynadı... Aman aman zarı atarken şakaları duysan, gülmekten kırılırsın. Zaten kahvedekiler kahkahalarla gülüyorlardı... Oradan çıktı, bir ilkokulun bahçesine girdi. Bisikletini duvara dayadı, çocukların arasına daldı. Yahu başbakanımız meğer nasıl çocukmuş, hiç insan bu yaşta çocuk kalır mı?"

Karı-koca gözlerimizi iri iri açmış Nedim'i dinliyoruz...

"Bir de birinci sınıfa girdi, hani şu altmış aylık çocukların sınıfına. Baktı okuyan çok az, yazan çok az, nerdeyse ağlayacak başbakan, 'Ah ah biz bu yanlışlığı nasıl yaptık öğretmenim, nasıl yaptık?' diyor, salt ellerini dizine vurması eksik. Orada öğretmene söz verdi. 'Hemen telefon edeceğim Milli Eğitim Bakanına' dedi..."

Duvar saati arkamda, kol saatim de yok... Dönüp saate bakamam ki, Nedim alınır. İyi de kaç dakikadır anlatıyor başbakanın değiştiğini?..

"Yahu Nesibe Hanım bir meyhaneye girdi..."

Karı-koca bağırmışız:

"Meyhaneye mi?"

"Başbakan?"

"Ne sandınız... Meyhane meyhane olalı böyle bir heyecan yaşamamış. Ama o gitti bir masaya oturdu. Oturmadan önce 'Afiyet olsun arkadaşlar, yarasın' dedi. Masadakilerle el sıkıştı, güldü, çok şakacı bir tavırla, 'Hani bana rakı yahu?' dedi... Masadakiler hop zıpladılar, hop oturdular... Hemen garson bir duble rakı getirdi, garsonun 'Sulu mu içersiniz, susuz mu?' sorusuna, gülerek 'Ne sandın, koca başbakan sulu rakı içer mi, elbette susuz' dedi..."

Biz karı-koca heyecanla sorduk:

"İçti mi içti mi?"

"Yooo içmedi ama, 'Bu içki yasalarını da tekrar değiştireceğim, içkiyi vatandaş içsin diye ucuzlatacağım' dedi. Çıkıp giderken de yine geleceğini söyledi. Ama beni en çok etkileyen sözü ne idi biliyor musunuz dostlarım? 'Ben artık değiştim. Yine dindarım ama asla ve asla kindar değilim. Ben yüzde yüzün başbakanıyım' dedi..."

Karı-koca birbirimize şaşkınlıkla baktık. Hiç inanmıyor gibiydik. Ama yine de içimizde bir "acaba" oluşmuştu.

Bayağı meraklanmıştım, içimi de bir sevinç kaplamıştı ülkem adına...

"Sonra?.." diye sordum.

"Meyhaneden çıktı, bir pazar yerine uğradı. Artık pazar dağılmak üzereydi, yahu vatandaşla bir konuşma, bir sarılma, bir şakalaşma, herkesin ağzı bir karış açık kaldı.

Neyse neyse ben biliyorum, biri var, her kanalda, her şeyi sidiye çekiyor, isteyene satıyor, çok ucuz, ben yarın alır getiririm size... Televizyonda bakar izlersiniz sidiyi... Hem şaşarsınız Nesibe Hanım, şaşarsın çocukluk arkadaşı, bu haberleri hangi kanallar verdi biliyor musunuz, yandaş kanallar, yaaa!.."

Nedim kalktı gitti... Karı-koca kaç dakika birbirimize baktık kaldık, konuşamadık bile... Konuşsak belli;

"Acaba ülkede ne oldu da başbakan değişmek zorunda kaldı?" diyeceğiz...

Diyeceğiz ama gazete almıyoruz ki, televizyonu açmıyoruz ki...

İkimizin de gözü karşımızdaki televizyonun ekranında... Ah ah o ekran ne zamandır kapkaranlık... Yani koşup açsak mı?

Huzurumuz, rahatımız yerinde. Hiç kızmıyor, hiç sinirlenmiyor, hiç tüylerimizi diken diken edecek bir şey duymuyoruz.

Başımı geriye çevirip saate baktım, tastamam haber saati. Fırlayıverdim televizyonu açtım... Hıh, her zaman izlediğimiz kanalımız...

Yahu yine o, yine başbakan, yahu bir bağırıyor, bir çağırıyor, kaşlar yıkık, gözler kısık, sanki kızdıkları eline geçse, bağıracak savcıya, yargıca, "Atın bunları içeri" diye...

Odanın içini, başbakanın "Sen kimsin yaaa?" diyen sesi doldururken karım bağırıverdi:

"Kapat o televizyonu Hüsnüüüüü!.."

Karım, sanki kapat demedi bana, horoz gibi öttü...

Nesibe'yle bakıştık kaldık...

Tam o sırada cep telefonum öttü. Hemen açtım. Kahkaha atan biri...

"Kimsin sen yahu, kimsin?.."

"Hah hah haa hih hih hiii!.."

"Başlarım senin hahandan hihinden ha!"

"Ben Nedim Nedim, çocukluk arkadaşın Nedim..."

"Ulan sen!.."

Nedim kahkahalarını sürdürüyordu...

"Hüsnü Hüsnü" diyor, "gazete almazsın, televizyon izlemezsin... Eee eskisi gibi duvarında yaprak yaprak takvimin de yok... Bugün günlerden ne biliyor musun, 1 Nisan, 1 Nisan..."

"1 Nisan!" diye bağırmış kalmışım...

FESLEĞEN

Annemden öğrenmiştim. Gülü de severdi, karanfili de severdi ama en sevdiği fesleğendi. Fesleğeni okşar, sonra elini bize uzatırdı:

"Kokla!.."

Koklardık... Ama bu kokuyla yetinmez, oturduğumuz yerden kalkar pencereye yaklaşır, her iki avcumuzu da fesleğene sürerdik... Ellerimizi koklardık.

Annem;

"Çekin içinize, iyice çekin" derdi.

Derin derin fesleğen kokusunu içimize çekerdik.

Bazen fesleğenin başındayken annem başımızı tutar, fesleğen saksısına doğru eğerdi.

"Yaklaş yaklaş, bu yeşil dünyanın içinde yit git oğlum..." derdi.

Başımızı eğdikçe fesleğenin yaprakları büyür, gözümüzün önünü kocaman bir yeşillik kaplar, kokuyu içimizde duyardık.

Hiç fesleğen eksik olmazdı gecekondumuzdan. O küçücük pencerenin, en büyük süsüydü.

Sabahları pencereyi açtığımızda o biricik odamızın içi fesleğen kokusuyla dolardı. Yorgandan başımızı çıkarır çıkarmaz fesleğen kokusuyla sabahın müjdesini alırdık...

Belli ki annem mangalı yakmış, üzerine çaydanlığı koymuş. Biraz sonra çay demlenecek, bardaklarımıza konacak, kara zeytinler sofranın baş süsü olacak.

Avludaki tuvaletten çıkan tulumbada elini yüzünü yıkar, sonra fesleğenin yanına giderdi. Hepimiz ona;

"İyi günler!.." demeye bayılırdık.

Koklardık, okşardık, sonra sofraya otururduk.

Yaş günü falan bilmezdik ama 23 Nisanda öğretmenime fesleğen götürürdüm.

"Annem size gönderdi öğretmenim" derdim.

Ah alışkanlık ah, annemin bir teneke kutuda yetiştirdiği fesleğeni öğretmenimin burnuna doğru uzatır, koklamasını isterdim.

Evlendim, fesleğeni hiç unutmadım...

Çoluğa çocuğa karıştım, fesleğeni hiç unutmadım.

Bende tutkuydu bu koku, tutkuydu saksıya eğilmek, onu koklamak, okşamak, hatta onunla konuşmak...

"Ee nasılsın bakalım fesleğen?"

...

"İyisin iyisin, boyunun uzamasından, yapraklarının büyümesinden, en küçük bir rüzgârda iki yana sallanmandan belli..."

Gülümserdi bana fesleğen. Ben de ona gülümserdim.

Eşim öyle derdi, çocuklarım öyle derlerdi:

"Babamız yine fesleğeniyle konuşuyor..."

Bazen de bana kızarlardı:

"Babacığım, hiç fesleğene ülkenin sorunları anlatılır mı?"

Gülerdim. Yanıt vermezdim.

Onlarda da fesleğeni koklamak, onu okşamak bir tutkuydu. Çok seviyorlardı ama onunla konuşmuyorlardı.

Bazen de fesleğen düşleri görürdüm. Daha doğrusu fesleğen ağaçları. Kocaman kocaman fesleğen ağaçları, kocaman kocaman dalları. Ve ben bu dalların üzerindeyim. Her yer fesleğen kokuyor, sanki parmaklarım fesleğen yaprağı, soluğum fesleğen kokusu. Dalların arasından sızan güneş ışığının bile rengi yeşil, kokusu fesleğen... Ki bu düşlerin hiç bitmesini istemezdim. Uyandığım zaman eşim bilirdi:

"Yine düşünde fesleğen ağaçları gördün galiba?" derdi.

Başımı sallardım.

"Nedir sendeki bu fesleğen tutkusu?"

"Huzur veriyor, huzur... Beni rahatlatıyor..."

Kapar gelirdi balkondan fesleğen saksısını, burnuma doğru uzatır;

"Buyrun huzurunuzu getirdim" derdi.

Ah, bana bu fesleğen saksıları nerelerde arkadaşlık etmemişlerdi ki... O yalnızlıklarımda, o kanunsuzluklarda, o haksızlıklarda... Bağırırdım duvarlara, yumruklardım duvarları... Umarsızlıktan soluk soluğa kaldığım anlarda fesleğene yaklaşır ona sarılırdım.

Yaşlandım, emekli oldum..

Hiç bitmedi bende bu fesleğen dostluğu...

O koku, o okşama, o yeşil dünya hep rahatlattı beni.

Ah insanlarım ah, şu fesleğen dostluğunu bir bilseniz... Köpek besleyen var, kuş besleyen var ama keşke fesleğeni unutmasalar.

Huzur huzur huzur...

Ülkede huzur yok ki...

Bir sabah fesleğen saksısını kaptım.

"Nereye?" dedi eşim.

"Sokağa hanım..."

"Ne yapacaksın o saksıyla?"

"İnsanlara koklatacağım..."

"Çıldırdın mı sen, sakın ha!.."

Hiç dinlemedim eşimi...

Ah ah keşke dinleseymişim...

İlk gördüğüm kişinin burnuna dayadım saksıyı:

"Koklasana şunu..."

Kokladı. Güldü. Teşekkür etti.

"Okşa okşa..." dedim.

Okşadı, elini burnuna götürdü...

"Yine eğil, kokla. Ama gözlerini hiç kapatma, o yeşilliği gör o renk zenginliğini gör..." dedim.

Adam bana yine teşekkür etti ve uzaklaştı...

Bu kez bir bayana uzattım. Sağ olsun kırmadı beni, fesleğeni kokladı, okşadı, güldü, teşekkür etti...

Bilmiyordum ki insanlara fesleğeni koklattığımda ne olacaktı? Huzura kavuşacaklar mıydı? Ülkenin sorunları bitecek miydi?

Kalabalığa karıştım, herkese koklatıyordum.

Kimi yaşıma saygıdan, kimi korktuğundan, kimi de şakadan eğilip kokluyorlardı.

Ne zamandan beri insanlara fesleğen koklatıyordum, evden sabah kaçta çıktım, hepsini unutmuştum. Bir anda iki kişi koluma giriverdi.

"Gel bizimle!.." dediler...

Yo yo, bunların arasında gitmeye alışkındım ama şimdi ben ne yaptım ki?

"Ne yaptım ben, nereye götürüyorsunuz beni?"

"Görürsün, bekle. Ama şimdi çeneni kapat!" dediler...

Tamam, bildiğim yer... Hemen saksıyı elimden aldılar. Bana bir yer gösterdiler.

"Bekle burada!" dediler.

Kaç saat bekledim orada, bilmiyorum... Sonra çatık kaşlının birinin karşısına çıkardılar. Çatık kaşlı hiçbir şey sormadan;

"Haydi konuş bakalım..." dedi.

"Neyi konuşacağım?"

"Neyi mi? Ulan biz seni biliyoruz, sen var ya sen!.. Neyi örgütlüyorsun söyle bakalım?.."

"Örgütleme mi?"

"Konuş lan konuş!.."

Elbette sicilime bakmışlardı... Hem de nasıl. Ama şimdi ben...

Sen?

İşte oradasın, ellerindesin. O gece orada kaldım, gündüz yine sorgu...

"Ulan yaşlısın, elimizde kalacaksın!.."

Bir gece, bir gece daha orada kaldım...

Evi aramışlar, tarumar etmişler. Başka kentte olan çocuklarım da gelmişler...

Sonra savcılık...

Sonra yargıç...

Yoksa tutuklanacak mıyım? Elbette insanlara fesleğen koklatmak çok büyük bir suç. Hatta örgütsel bir suç ki cezası ühüüü... Sen fesleğenle birlikte, insanları, ülkeyi, hükümeti...

Yok tutuklanmadım. Yargılanmam sürecekmiş. Şimdi evime gidebilirmişim fakat gözleri benim üzerimde olacakmış...

Emanetimi de elime verdiler.

"Al lan şu saksını!.."

Fesleğenimi elime aldım. Solmuştu, buruşmuştu, bana küsmüştü...

NEREYE GİDİYORUZ?

Amma kalabalık ha minibüsün içi.

Karım, oğlum ve kızımla birlikte kaynanama gideceğiz. Kaynanam sık sık hastalanır ama bu kez hastalığı önemliymiş. Kim söylemiş bunu? Kayınbabam söylemiş. Kayınbabam söylemişse önemli. Kaynanamı acile götürmüşler, sonra eve getirmişler, şimdi evde yatıyormuş. Sabahleyin büyük baldız telefon etmiş;

"Dürdane bir gelin!.." demiş.

Eh günlerden pazar zaten. Benim de hiçbir işim yok. Gerçi bugün niyetim iki kapıyı boyamaktı ama kaynanam böyle hasta olunca, eşim de üsteleyince çıktık yola.

Her zaman bindiğimiz minibüse bindik.

Hiç böyle et et üstüne olmazdı bu minibüs...

Eh ne yapalım, binmek gitmek zorundayız.

İnsanlar havayı güzel mi buldu nedir, evde oturmaktansa;

"Haydi çıkıp gezelim..." demişler.

İyi de bu minibüsün gittiği son durak piknik yeri değil ki. Sonra kimsede çanta yok, torba yok. Orada ne yiyip içecekler?

Bir sonraki minibüse mi binseydik acaba? Durakta hiç minibüs yoktu ki. Zaten bu yolda çalışan minibüslerin sayısı çok az. Yenisi gelecek, doluncaya dek bekleyecek, ondan sonra hareket edecek, eh bizim durakta belki bir saat beklememiz gerek. Onun için bu dolu minibüse binmek zorunda kaldık.

Zaten biz biner binmez minibüs hareket etti... Benim elimde bir paket lokum var ama hangi elimde tutacağımı bilemiyorum. Keşke bir çantaya koyup boğazıma assaydım.

Karım;

"Ver bana, ben tutayım" dedi ama hiç olur mu? Adam da öyle bir sürüyor ki arabayı, sanki padişaha kelle götürüyor...

Yanımda kara bıyıklı, kocaman ağızlı bir adam duruyor... Benim elimdeki paketten rahatsız olduğumu anladı mı ne yaptı, sordu:

"O elindeki pakette ne var abi?"

Tastamam, "Zıkkım var" demenin zamanı ama bu kalabalıkta zaten zor soluk alıyorum, bir de bu salakla tartışmayayım...

Ben kaynanama az giderim ama ne zaman gitsem bir kutu lokum götürürüm. Dişleri yok, takma dişini de kullanamıyor, yumuşak lokumları seve seve yiyor.

"Lokum var" dedim.

Adamın ağzı yayıldı, ağız kocamandı ya, leğen gibi oldu... Elini tuttuğu yerden çekip omzuma iki kez şap şap diye vurdu.

"Yaşşa be abi!.. İnsan işte böyle olmalı..." dedi.

Adama bak yahu, elimdeki paketi alıverdi, önündekine uzattı;

"Haydi elden ele en başa!.." dedi.

O da ne? Bizim lokum paketi, sanki sürücüye para veriyormuşuz gibi elden ele öne doğru gidiyor.

"Ulan niye elimden aldın paketi?.."

Adamın duyduğu yok ki, iki elini birden bırakabilse bu kalabalıkta beni şakır şakır alkışlayacak... Bağırıyor:

"İşteeee, örnek insan, işteee inanmış insan, işte bunlar varoldukça!.."

Ulan bizim lokum paketi nereye gitti?

Yo yo gitmemiş, geri dönmeye başladı... Paket ta öne gitmiş, geri geliyor...

O da ne?

Paket açılmış...

"Kim açtı lan o paketi, kaynanamın lokum paketini kim açtı?"

Yahu öyle bir yerdesin ki, öyle bir sıkış tepişsin ki kavga bile edemezsin. Adama yumruğu çakayım desen bir yumruk da yanındaki yemiş olur, al bakalım başına belayı, burada senin yağını çıkarır bu kalabalık.

Geliyor lokum paketi... Elden ele geliyor... Ama paketi kim eline alırsa, koltuktakilere uzatıyor, yanındakilere uzatıyor:

"Buyrun buyrun, böyle tatlı bir günde lokum yenir..."

Zehir yiyin ulan!.. Şuna bak şuna, kocaman ağızlı adam sırıtarak lokum paketini bana da uzatıyor:

"Al abi sen de al..."

Kocaman ağızlı, başların üzerinden paketi havaya kaldırıyor, öteki kişilere uzatıyor...

"İşte bu abim düşünmüş sağ olsun..."

Burnunun ucuyla beni gösteriyor. Karım çocuklarım bana bakıyorlar. Şaşkınız ki nasıl şaşkın. Darlıktan, soluksuzluktan konuşamıyoruz bile.

Yani şimdi bu minibüs sürücüsü bizden para alacak öyle mi? Peki benim lokumun parasını kim verecek?

Ben minibüs lokumcusu muyum?

Oğlum, elindeki kâğıt elli lirayı kalabalığın içinde bana gösteriyor. Bağırıyorum:

"Oğlum o parayı sana kim verdi?"

"Öndeki amca baba, herkese verdi, elden ele yapıyorlar..."

Daha da şaşkınlığım arttı. Yahu ben kaç lira vermiştim o lokuma?.. Oğluma elli lira verildiğine göre lokumun parası çıktı ki, üh üh üh...

Bu kez kızım elli lirasını gösteriyor... Şaşkınım, aklım hiçbir şeyi almıyor. Ne var, ne oldu da bu ellişer lira çocuklarıma veriliyor?..

Aaaa biri önden karıma elli lira uzatıyor... Eh, yüz elli oldu. Bu neyin nesi?

Aa kocaman ağızlının elinde elli lira var... Şuna bak, bana uzatıyor:

"Yahu bu da neyin nesi?"

"Emeğimizin hakkı... Kul hakkı yememek için..."

Anla anlayabilirsen...

Yaşamımda ilk kez görüyorum, bir minibüsün içinde para dağıtılıyor halka. İyi de bu parayı dağıtan kim? Niçin dağıtıyor?

Biri bir türkü tutturuyor, kulaklarımızın zarı patlayacak nerdeyse... Türkünün arkasından bir alkış...

Türkü söyleyene mi?

Yoksa oğlumun eline tutuşturulan torbaya mı? Bağırıyorum:

"Oğlum ne var o torbanın içinde?"

Çocuk dudaklarını büzüyor, yani "Bilmiyorum" diyor.

Torbada ne var acaba, ne var? Bir düş mü görüyorum? Yoksa az sonra kan ter içinde mi uyanacağım?..

Yoo, düş müş değil... Yanımdaki kocaman ağızlı, bir torba da bana uzatıyor. Şaşkınlıkla bilinçsiz olarak elimi uzatıyorum ve alıyorum torbayı. O denli ağır değil ama içinde bir şeyler var.

Yani şu bendeki merak, o sıkışıklıkta ne yapıp edip torbanın içine bakıyorum...

Yahu bunca insan torbanın içinde ne olduğunu bildikleri için mi hiç açıp bakmıyorlar. Oturanlar bile bakmıyorlar...

Aaaa koku, kokudan anlıyorum ekmeğin arasındakini...

Şaştım kaldım, kocaman ağızlı o kalabalıkta, o sıkışıklıkta nasıl da kavramış tavuklu ekmeği, yok yok, şimdi ağız leğen gibi de değil, yuvarlak bir yüzme havuzu gibi. O ağza o yarım ekmek nasıl dayansın, niyeti hepsini üç lokmada yemek...

Bitirdi...

Oh ardından da ayranını lıkır lıkır içti...

"Oh bee, sesime güç ver Allahım" dedi.

Niye öyle dedi ki?

Uzaktan uğultular, sesler gelmeye başladı. Sürücü öyle hızlı sürüyordu ki, o köşeyi de nerdeyse aynı hızla döndü.

A biz nereye gidiyoruz? Minibüsün yolu bu yol değil... Yahu biz kaynanamı yoklamaya gidiyoruz. Bu adam ne yapıyor?

Bağırdım:

"Hey arkadaş nereye gidiyorsun, niye saptın bu yola?"

Sürücü bağırdı:

"Meraklanma abi az kaldı, üç dakika sonra şipşak oradayız..."

Evet üç dakika sonra kalabalığın yanında minibüsü durdurdu. Her yer tıklım tıklım... Uğultu, gürültü ve bangır bangır bağıran bir ses:

"Başbakanımız biraz sonra burada, biraz sonra burada... Haydi gelmeden bir alkış... Bir alkış dahaaaa... Bir alkış dahaaaa..."

100. MURAT

Anlı şanlı tarihimizde öyle değerli, öyle ulu, öyle görkemli padişahlar vardır ki, adlarını tarihe altın harflerle yazdırmışlardır. Bu padişahlarımızın yaptıkları o dönemin devrimleridir.

Ve bu padişahlar uyumamış, usanmamış, dinlenmemiş, hep halkı düşünmüşlerdir.

Zaten bu ünlü padişahlar böyle olmasalar, yani, "Halkım halkım halkım" demeseler tarihe altın harflerle yazılırlar mıydı hiç?

Işıklar içinde yatsınlar.

Soyu olan bizler, o padişahları dünya durdukça hep övünçle, saygıyla ve sevgiyle anacağız.

Bunlardan bir tanesi de 100. Murat'tır.

Evet evet, 100. Murat. Halkı için, halkını çok sevdiği için neler yapmıştır, neler...

Siz bakmayın canım o kendini bilmezlere, o tarihini sevmezlere.

Neymiş, 100. Murat küp gibi içermiş... Ne demek küp gibi içmek? Yani küp dolusu içkiyi lıkır lıkır içmektir...

Bu yalanı atanlar, bu iftirayı ortaya çıkaranlar çarpılmışlardır... Evet evet, çarpılmışlardır, kiminin sağ yanı, kiminin sol yanı, kiminin bütün bedeni felç olmuştur. O yüce adaletin gazabına uğramışlardır.

Evet, içerdi 100. Murat... Ama ne denli içerdi, şuncacık şuncacık... Bir dikiş yüzüğü dolusu mu desem, iki dikiş yüzüğü dolusu mu desem, işte o denli...

Nasıl içmesin ki, halkının derdiyle dertlenen, halkının sıkıntısını kendinin sıkıntısı yapan, böyle bir insan içmez de kim içer?..

Bir yüzük dolusu içti;

"Offf offf, halkıım halkıım!" diye bağırdı, inledi.

Elbette o, "Kullarıım" diyordu... Adamcağız içmiş bir dikiş yüzüğü dolusu içkisini, başını koymuş yastığına, bu yana dönüyor, yatak diken, o yana dönüyor, yastık diken... Oysa ki yanında kim bilir hangi cariyesi var... Oncağızın gözü cariyeyi görmüyor ki. Ya neyi görüyor? Halkını...

"Uffff uuuf halkım!.. Offf offf halkım!.."

Aa nasıl uyusun hükümdar?

Kim bu durum karşısında etkilenmez, kim o anda padişah hazretlerine bakınca üzülmez? Yani nöbetçi cariye de insan değil mi? Bir yürek taşımıyor mu? İstemez mi padişahı mışıl mışıl uyusun, yarın yapılacak işlere büyük bir zindelikle başlasın!..

"Ah canım ah, ah sultanım ah, hasta olacaksınız, yataklara düşeceksiniz..."

"Of of, halkım için değil mi?"

Kimin bu durumda içi sızlamaz, yüreği yanmaz?..

Elbette cariye de kalkar, sevgili padişahına bir yüzük dolusu içki daha sunar...

Cık, içmez ki sultan...

"Ne olur padişahım, hatırım için..."

"Cık içmem. Ben ayyaş değilim..."

"O çok sevdiğin halkının hatırı için..."

Dayanabilir mi 100. Murat halkının hatırına?.. İçiverir içkiyi...

İşte hepsi bu. Bunu en iyi cariyeler bilmeyecek de kim bilecek?

Yani padişah içki hayranı olsa, sabahtan oturur içkinin başına, içer de içer, eh artık akşam olunca gidebilir mi yatağına, yoksa cariyeler, köleler kollarına girer, kucaklar, yatağına mı yatırırlar?

"Ayyaştı, içkiciydi, ayık kafayla duramazdı" diye yalanlar atanlar bilmezler mi ki, ilk kez favayı yasaklayan 100. Murat'tır. Şimdi o cahiller favanın da ne olduğunu bilmezler. Fava, kuru bakla haşlanarak, ezilerek yapılan bir mezedir. Ayyaşlar bu mezeyi çok severler. Rakının yanında, tabak tabak bu mezeden mideye indirirler...

Tellallar duyurduğunda halk önce şaşmıştı:

"Niye ki fava yasaklanmıştır?"

Niyesi var mı be, fava bir mezedir. Meze neyi anımsatır? İçkiyi anımsatır, rakıyı, şarabı anımsatır... İşte favayı yasaklarsan...

Diyelim bir Osmanlı hanımı akşam yemeği olarak fava yapmış, adam da bu yemeği (pardon mezeyi) görür görmez hemen rakıyı anımsayarak, oh artık bir yudum rakıdan, bir kaşık favadan, götür de götür... Peki bu insan sonradan ayyaş, alkolik olmaz da ne olur?

Işıklar içinde yat sen padişahım!..

Yani favayı yasaklayan arnavutciğerini unutur mu?

"Heeey halk, bugünden böyle ülkede arnavutciğeri yasaklanmıştır. Hiçbir kasap ciğer satmayacaktır... Satanların kellesi, arnavutciğeri yiyenlerin kellesi.."

"Kociş, sana arnavutciğeri yaptım..."

"Öyle mi hanımım?.. Dur ben şu AVM'ye gidip bir rakı..."

Çüş çüş yani, o devirde AVM var mı? Elbette gizli gizli rakı satılan bir yer ama AVM değil... Adam koşacak, satılan yerden bir okka rakı alıp gelecek, oturacak sofraya. Adam sıraya ikinci bir kadeh daha koyacak.

"Bu ikinci kadeh ne kociş?.."

"Senin için hanımcığım..."

Al işte sana, karı sarhoş, koca sarhoş... Bu evde çocuk yok mu, bu evde genç yok mu? Onlar bu rezaleti görmeyecekler mi? Böylece geleceğin ayyaş, alkolik gençleri oluşmayacak mı?

Oh etmiş, iyi etmiş arnavutciğerini yasaklamakla.

Ulu hakan, kendini halkına adamış hakan, daha neleri yasaklamamıştı ki?

"Heyy halk, bugünden böyle bu ülkede kokoreç yasaklanmıştır... Hiçbir kasapta artık bağırsak satılmayacaktır... Satanlar, onu alıp kokoreç yapanlar idam edileceklerdir..."

Zaten ne o kokoreç... Yemeyiversin halk. Başka şey mi yok? Pilav yok mu, kapama yok mu, lahana sarma yok mu, tarhana yok mu? Kala kala o şeyli mezeye mi kaldın?

"Allahın otu" diyeceğinizi duyar gibiyim...

Radika... Kimi ona hindiba da der. Yeşil, sevimli bir ottur, kendi kendine yetişeni çok daha lezzetlidir. Topla, çiğ çiğ ye... Yoo yemez ki halk...

Ah ah, bu da mezedir, yani radika salatası...

Sevgili padişahımız da radikanın karşısında değildir. Topla onu, ekmeği al eline, tuza ban ban ye... Ama onu eğer salata yaparsan... Böyle zeytinyağlı, nar ekşili, o zaman tam meze. Haydi bakalım, bir yudum rakı, sonra daldır ekmeğini, kaşığını radika salatası...

"Heeey halk, duyduk duymadık demeyin, bundan böyle radika salatası yasaktır. Radikayı salata yapanlar, yiyenler idam edilecektir. Ot gibi yiyenlere hiçbir ceza verilmeyecektir..."

"Hanım be, bana bir radika salatası yapsana..."

"Hadi oradan hınzır, sonra içip içip beni döveceksin, değil mi?"

"Yahu hanım içki zaten ne zamandır yasak."

"Radika salatası da yasaklandı. Tuttuğu altın olsun padişahımızın, ömrü uzun olsun."

Halkı için yanan tutuşan 100. Murat hatasından dönmesini de bilirdi. Onun ağzından hiç kimse duymamıştır:

"Biz geri adım atmayız" diye...

Bunun kanıtı mı? Padişah hazretleri içkiyi hatırlatıyor diye cacığı da yasaklamıştı... Ah be ne halkını seven bir padişah, bilmez mi o, içkiyi ne denli yasaklarsa yasaklasın, insanlar istedikten sonra bir yerden içkiyi bulurlar ve zıkkımlanırlar. Cacık da içkiyi anımsatıyordu.

Akşam yemeğinde adamın önüne mercimekli bulgur pilavı, kavurma, cacık konmuş. Bir kaşık almış cacıktan:

"Uf ulan, ben şimdi gidip bir yerden rakı bulmazsam..."

"Heeey halk, duyduk duymadık demeyin, bundan sonra hiç cacık yemeyin... Yiyenin de yapanın da boynu vurulacaktır..."

İşte bu olmadı 100. Murat... Olmadı ya... Halk homur homur homurdanıyor;

"Rakı içkidir, tamam... Ya cacık? Cacığın içinde ne var? Ayran. Ayran nedir, bizim milli içkimiz. İşte bu hiç olmadı padişahım... Yani şu halk milli içkisinin içine biraz sarmısak dövmüş koymuş, salatalığı küçük küçük doğramış, içine katmış, üzerine biraz zeytinyağı gezdirmiş, nane serpmiş. Yani milli içkimiz oracıkta aslanlar gibi duruyor. Şöyle kaşığı bir salla cacığa, ayran bangır bangır bağırır, 'Ben buradayım. Ben bu halkın milli içkisiyim...' diye..."

Fazla sürmemiş zaten cacık yasağı. İki ay içinde geri alınmış...

Işıklar içinde yat halkını ayyaşlıktan kurtaran 100. Murat.

BİZ VE ONLAR

Baş yönetici, elinde mikrofon, karşısında kalabalık, konuşurken, iki eliyle iki böğrünü göstererek;

"Biiiiiiz" dedi miydi, hemen anlaşılıyor ki kendisine oy verenleri söylüyor. Ama;

"Onlaaaaar" diye bağırdı mıydı, ötekileri söylüyor...

Onları hiç sevmediği belli yüzünden. Yüz, göz, kaş, dudaklar başka bir biçim alıyor hemen, nefreti anlaşılıyor.

Kim onlar? kendisine oy vermeyenler...

Yani uçaktan iner inmez;

"Yüzde elliyiiii zor tutuyorum" dediğinde belli, biz olanlar...

Tutmasa ne yapacak o yüzde elli, yani bizler? Eh dediklerinden belli:

"Vur de vuralım, öl de ölelim..."

Nasıl anlaşılır, neresinden anlaşılır, karşıdan biri geliyor, baktın, baktın;

"Yahu acaba bu öteki mi, yoksa bizden mi?"

Hiç bilemezsin ki, yani bir damgası yok, üzerinde yazılı bir şey yok, elinde taşıdığı döviz yok.

Oyların verilişi gizli, sayımı açık! Kim baş yöneticiye oy vermiş, kim vermemiş, bilmiyorsun ki.

Yani bir bilse???

I-ıh bilemez ki...

Peki yani kim öteki, kim biz, bunu anlamak için ya Taksim'e gideceksin, ya Tunalı Hilmi'ye, ya da Gündoğdu'ya...

"Haaa işte bu gördüğüm kalabalık onlar."

Başka türlü anlayamazsın ki...

Karşı daireye bir kiracı geldi.

Acaba onlardan mı, yoksa bizden mi? Soramazsın ya.

İşte düşündüler, taşındılar, uykusuz kaldılar, kafa patlattılar, sonunda buldular. Daha doğrusu baş yönetici buldu. Ne diye bağırdı;

"Siz de bayrak asıııın" dedi bizlere... Ekledi:

"Ama bayrağın üzerinde işaret olmasın..."

Yani Atatürk olmasın. Ya ne olsun?

"Yeşil bayrak olabilir, üç hilalli bayrak olabilir..."

Biz olanlar, buyruğu hemen anladılar, pencerelerini ay yıldızlı bayraklarla donattılar. Bu donatımdan sonra ne belli oldu?

Kim biz, kim öteki...

Artık iş çok kolaylaşmıştı... Bir süre beklemek, ondan sonra fişlemek...

"Şu Atatürk bayraklı ev var ya, onlardan... Yazın bakalım adını soyadını, işini, karısını, çocuklarını..."

En kolay fişlemenin yolu bulunmuştu...

Artık her sokakta, her mahallede, "Vur de vuralım, öl de ölelim"ciler, harıl harıl çalışmaya başladılar.

"Yaz, şu apartmanda on daire bizden, sekiz daire öteki..."

"Sapta sapta!.. Yaz yaz yaz!.."

"Yahu bu sokak bizden... Ya şu cadde?"

"Öteki çok..."

"Aaaa mahallemiz Bizler Mahallesi.. Bizler Mahallesi'ne ne yakışır?"

Bizim AVM yakışır... Yoooo yoooo AVM'nin yine adı olsun, Mekke olur, Helal olur, Huzur olur, AK olur, ama üzerinde mutlaka Bizim yazısı olsun...

Canım Bizim AVM olur da, mahalledeki bakkal ne yapsın? Niçin onun da adı Bizim Bakkal olmasın? Manav da olur, Bizim Manav...

Ay ne güzel, Bizim Kırtasiye, Bizim Manifatura da oldu...

Böyle olursaaa yani onlar boş dururlar mı? Elleri armut mu topluyor, al sana:

"Onların Bakkalı", "Onların Kasabı", "Onların Manavı"...

Gazetelerde de duyurular çıkmaya başlar...

"En güzel, en ucuz daireler Biz'de...

"Sitemizde Onların hiçbirine daire satılmaz..."

Garantiye bak be, fıstık gibi, al daireni Biz Bize otur.

Yani Onlar site yapmaz mı? Onların iş adamları yok mu? Az ama var, Onlar da siteyi yapar, duyurusunu veriverir gazeteye:

"Onların Sitesi..."

Haaa öyle ha? Demek Onlar da bizim gibi... Yapabilirsiniz sitenizi yapabilirsiniz, bakkalınızı AVM'nizi açabilirsiniz ama şu anda iktidarda kim var?

Biiiiz varız...

Haydi yapın da görelim...

Ne yani bu vali Bizim Valimiz değil mi? Hıh şimdi hapı yuttunuz. Yani, "Bizim Valilik" yazamaz mıyız? Bal gibi de yazarız... Haydi bakalım her valiliğin üzerine konsun, "Bizim Valilik..."

Durun siz, durun daha bitmedi, yargıçlar, savcılar bizim yargıcımız, bizim savcımız değiller mi? Peki niçin adliye yapılarının üzerine koymayalım "Bizim Adalet Sarayı" diye?

Haydi bakalım, yarışın bizimle.

Yarışamazsınız, biz iktidardayız, yüzde elli oyumuz var bizim. Sizin kaç oyunuz var? Kimin dediği olur? Oyu fazla olanın.

Öyleyse sen ne konuşuyorsun yaaa?

Yani ayaklar baş mı olacak?

Yok öyle yirmi beş kuruşa simit!..

Ardından gelir mi Bizim Bölgemiz, Onların Bölgesi...

Eee dişler bilenir mi artık karşılıklı?

Bir kıvılcım mı beklenir?

Daha şimdilik kıvılcım yok. Ama ayrılıyor galiba, Bizim Okul oluyor, hop ardından Onların Okulu geliyor. Ama Milli Eğitim Müdürlüklerinin hepsinin üzerinde o ünlü "Bizim" sözcüğü var...

Peki, Onların Okuluyla, Bizim Okul kapışmaya başladı mı?

Yok daha, kıvılcım çakmadı.

VE BİR GÜN BİRDENBİRE...

Hiçbir şey olmayacak, hiçbir şey...

Bu halk Çanakkale Destanı'nı yazdı, Kurtuluş Savaşı Destanı'nı yazdı. Onun önderi Atatürk'tü..

Atatürk'ün "Gençliğe Hitabesi" var...

Zamanı geldi miydi gençlik sokağa dökülür, o hitabede yazanları yerine getirir.

Vatanını da cumhuriyeti de, demokrasiyi de o kollar.

Hiç mi hiç kuşkunuz olmasın!..

NUH'UN GEMİSİ

Nuh gemiciğe yandan baktı, önden baktı.

Derin derin düşünmeye başladı. Düşünmekte yerden göğe dek haklıydı. Bu gemiyle çok önemli bir iş başaracaktı. Gemi ne denli çok insan alırsa, o denli başarılı olacaktı. Çünkü, Nuh'un kendine göre hesapları vardı.

Nuh, ne zorluklar, ne sıkıntılar çekmişti.

"Ya Nuh, gemiyi nasıl buldun?" diye sordu yardımcısı.

"Hıh" dedi Nuh, "gemi değil, gemicik ama işimizi görür."

Yardımcısı kafasını salladı.

Kolay değildi, onca tehlike, onca yol... Üstelik yanındaki altın... Evet evet altın. Nuh'un altını vardı. Eğer şu altını olmasa şimdi ne yapardı? Nasıl kendini kurtarabilirdi, insanları kurtarabilirdi?

İnsanlar ki, içlerinde kadın var, çocuk var... Bunların umudu olmak var.

Nuh umut olacaktı, onlara güven verecekti, inandıracaktı.

Ah ah, altın gibi kurtarıcın olsun... O altın, seni de kurtarırdı, çocukları da, kadınları da, herkesi...

Ve altın her zaman geçerliydi... Geçti de.

Nuh altını bozdurdu, paraya çevirdi. Çantasındaydı dolarlar.

Ah, keşke çok doları olsaydı. Çok daha büyük bir zodiyak alsaydı. Kimbilir o zaman kaç kişiyi bu geminin içine bindirirdi, kaç kişiyi kurtarırdı?

Nuh'la yardımcısı gemiciğe bindiler. Bir ileri yürüdüler, bir geriye döndüler birkaç kez... Belli ki Nuh da yardımcısı da gözleriyle sayıyorlardı.

"Bu yana kaç insan oturtabiliriz, şu yana kaç insan oturtabiliriz?.. Gemiciğin kıçı kaç insan alır, ortasına kaç insan sığar?.."

Yardımcısı:

"Ya Nuh, ben hesapladım, rahatlıkla kırk tane alıyor..."

Nuh düşünüyor, hep gemiciğin tabanına bakıyordu. Bu sözü duyunca irkildi;

"Görürüz" dedi yardımcısına...

Nuh, verdi dolarları gemiciğin sahibine... Gemiciğin sahibi uzaklaşıp gitti.

Nuh bir kez daha çıktı gemiciğin üzerine. Yardımcısı da arkasındaydı. Yardımcısına döndü, motoru gösterdi.

"Sen bu motoru çalıştırabilir misin?"

"Yaa Nuh, çalıştırırım. Benim işim budur zaten..."

Nuh sevindi.

"Yardımcım, iyi ki yola çıkarken seninle dost oldum. Bu dostluğun çok önemliydi. Yanımda altın olduğunu biliyordun. Ama altınıma hiç dokunmadın. Gelirken çok sıkıntılar çektik. Gece uyurken altınımı çalıp gidebilirdin, yapmadın..."

"Hiç düşünmedim ya Nuh... Ben de senin gibi buraya gelmeye karar vermiştim. Ve bana bir yoldaş gerekliydi. Tanrı seni bana gönderdi. Ve konuşurken sana işimi söyledim..."

Nuh gülümsedi.

"İşte o an düşündüm insanları kurtarmayı... Madem dostumun yoldaşımın işi bu, ben de elimdekini avcumdakini bu işe yatırırım, kendimi de kurtarırım, seni de kurtarırım, insanları da kurtarırım.."

O gece Nuh çok rahat uyudu...

İnsanları kurtaracaktı. Bu ne güzel bir duyguydu.

O zaman hemen işe başlamalıydı.

Hem de şimdi.

"Sen insanları bul yardımcım."

"Elbette ya Nuh... Benim işim bu zaten..."

"Haydi başla, kurtaralım insanları..."

O an yardımcı çalışmaya başladı. Ama önce gemiciğin yanına bir çadır kurmak gerekliydi. Bunun için de çok gizli bir koy bulmalıydılar.

"Bir koy bulacağız ya Nuh..."

"Bulalım yardımcım..."

"Bir de çadır gerekli..."

"O ne için?"

"Topladığım insanları birkaç gün onun içinde tutmak için..."

"Cık" dedi Nuh, "bir koy bulalım ama çadır olmaz... Olmaz olmaz... Burada olmaz. Gizli koyda olabilir ama burada olmaz... Haydi bakalım yardımcım, çalıştır motoru, açılalım, önce bir koy veya ormanlık yer bulalım, sığ olsun, işe yarasın, bize ve gemiciğe alacağımız insanlara kucak açsın..."

Mutluydu Nuh... Yardımcısının gemiciği yönlendirmesini görünce çok sevinmişti. Söylemedi ama içinden;

"Yardımcım bu işin uzmanı" dedi.

Çok gezdiler, üç gün üç gece gemicikte kaldılar, sahili, ormanlık alanları, koyları dolaştılar... En sonunda birinde karar kıldılar. Daha doğrusu Nuh karar kıldı.

"Tamam yardımcım, burası çok iyi. Tamam burada demir atalım, ipi bağlayalım... Ben gemicikte kalacağım. Sen şimdi git o insanları bul, getir... Amaaa..."

Nuh, gözlerini iri iri açtı, başını kaldırdı, yardımcısının kolunu yakaladı;

"Yetmiş insandan az olmayacak" dedi.

"Neee?" diye irkildi yardımcı...

"Tastamam yetmiş insan, ben yetmiş yedi düşünüyorum, yedisi çocuk, yani bana tastamam yetmiş insan bulacaksın, yedi de çocuk... Çocuk sayısında üstelemiyorum ama büyük sayısında kararlıyım, altmış dokuz bile olmaz... Al bakalım şu dolarları, haydi git..."

"Buradan mı?"

Nuh başını salladı.

"Ben buraları bilmem ki ya Nuh.."

"Haydi, insan sora sora Bağdat'ı bile bulurmuş... Yalnız burayı unutma. O dolarlarla geçici bir ev kirala, sonra da bir kamyon kirala... Doldur insanları, getir buraya."

Nuh'un aklının kıyısına gelmedi. Hiç kuşkulanmıyordu dostundan... İnsan kurtarmak varken, dost bu parayı alır kaçar, diye hiç düşünmedi.

Yardımcı ormana daldı...

Nuh da uykuya... Kaç gündür uykusuzdu. Yanındaki torbada yiyecek, içecek vardı. Yeter ki yardımcısı işi başarsın, bu insanları bir kamyona doldursun, gelsindi...

Bir gün geçti..

Bir gün daha geçti...

On altı gün geçti...

Nuh'un telefonu çaldı.

"Alooo..."

"Yarın gece geliyorum..."

"Dolarlar tamam mı?"

"Tamam ya Nuh... Yalnız iki kişi çok yoksuldu, onlardan az aldım. Üç de çocuk için alamadım. Ama gerisi tamam.."

"Tamam tamam..."

Nuh'un yüzü gülüverdi.

O bir gün geçmek bilmedi. Nuh uyudu, uyandı, kurtaracağı insanları düşündü.

"Sen de kurtuluyorsun Nuh" dedi.

Güneşe baktı, denize baktı, dalgaları izledi...

"Ohhh!" diye bağırdı.

Ne güzel bir koycuk bulmuşlardı. Bu koya ne gelen vardı ne de uğrayan. Neden acaba? Yoksa uğursuz bir koy muydu, içi deniz analarıyla, kestanelerle mi doluydu?

"Bana nesi, bana nesi? Yeter ki yarın gece olsun..."

Yarın gece oldu... Uzaktan kulağına motor homurtusu geldi. Yüreği ürperdi.

"Geliyorlar!" dedi.

Çok heyecanlanmıştı, yüreği hızlı hızlı atıyordu, soluğu daralıyordu. Az sonra;

"Ya Nuh!.." diye bir ses duydu.

Yardımcısının sesiydi. Karanlıkta seçiliyordu, arkasında bir yığın insan vardı. Nuh çok sevindi, ellerini göğe kaldırdı;

"İnsanlar Allahım, insanlar... Çok şükür!.." dedi.

Gemicikten atladı, yardımcısını karşıladı...

"Haydi..." dedi... Sonra elini uzattı yardımcısına:

"Dolarlar!.."

Yardımcı torbayı uzattı. İnsanlar bir bir gemiciğe bindiler.

"Altmış dört, altmış beee..."

Bağırmalar oldu:

"Ne bu yahu, bu gemicik bunca insanı alır mı?"

Nuh bağırdı:

"Kurtulacaksınız insanlar, kurtulacaksınız!.."

I-ıh, insanlar kurtulamadı...

Bir gün sonra gazeteler yazdı. Gemicik kıyıya çok yakın bir yerde batmış, kurtulan olmamıştı. Yardımcı bile boğulanlar arasındaydı...

Ya Nuh?

O gemiye binmemişti ki. Dolar torbasını koynuna sokmuş, oradan ayrılmıştı.

Bir bulgu var mıydı Nuh'un da bu işin içinde olduğuna ilişkin? Yoktu.

Nijeryalı, Afgan, Suriyeli altmış sekiz insan ölmüştü. Bunlardan yirmisi kadın, üçü çocuktu. Gazeteler de, televizyonlar da yazmadılar, söylemediler. Bu altmış sekiz insan nereye gidecekti, hangi ülkeye sığınacaklardı?

Nuh geldiği ülkeye döndü. Karısını ve çocuklarını kurtaracaktı.

ERGENEKON, BALYOZ VE...

"Bunu bir örgüte bağlayın lan."

"Neyi efendimiz?"

"Allah Allah, lahavle, deli mi edeceksiniz insanı lan?"

"Afedersiniz efendimiz."

"Çapulcu örgütünü lan..."

"Başüstüne efendim..."

"Duran adamı da lan... Çarşı'yı da lan..."

"Başüstüne efendimiz."

"Tamam, çık dışarı lan..."

"Başüstüne efendimiz..."

Vah vah... Vah vah ki vah vah... Örgüte yamama konusunda ülkenin en önemli adamı, dışarı çıkar çıkmaz, düşünmeye başladı. Hem de nasıl düşünme! Bindiği arabada başını iki eli arasına aldı. Olayları gözünün önüne getirdi.

"Ben de efendimiz gibi olayları medyadan izledim. Şimdi genç kız, genç erkek gitmiş gezi parkına çadır kurmuş. Orada yatıp kalkıyor. Çevreye saygılı, temizlik yapıyor, herkese yardım ediyor..."

Ah, sesli düşünmeye başlamışım. Nasıl düşünürsen düşün, sen ve ekibin bu iş için maaş alıyorsunuz... Ergenekon'u siz buldunuz, Balyoz'u siz buldunuz. Şimdi yeni bir şey için çalışacaksınız.

Açtı telefonu:

"Ekip toplantı salonuna..."

Bu işe bir örgüt bulunur mu? Bulunur. Bu ülkede mutlaka bulunur. Yeter ki karizma çizilmesin.

Kimin karizması?

Uf uf!.. Eskiden asker, sivil yöneticilerin bir gecede karizmasını çiziyordu. Kap eline mikrofonu:

"Alo alo, iyi dinleyin radyoyu. Asker yönetime el koymuştur. Başkanımız orgeneraldir. Şu andan sonra sokağa çıkma yasağı vardır. Sokağa çıkanlar en ağır cezaya çarptırılacaktır. Vatan sağ olsun, millet sağ olsun. Zaten biz de bunu millet ve vatan için yapıyoruz... Kapa kızım mikrofonu..."

Çok kolaymış o zaman, çok... Silah elinde, asker elinde, tabur tabur, alay alay... Hava kuvvetleri, deniz kuvvetleri, kara kuvvetleri teyakkuzda... (Yok ya, şimdi bu sözcük kullanılmıyor.)

Peki şimdi biz ne yapacağız?

Gerçi polis sayımız asker sayısına yaklaşıyor ama kazın ayağı öyle değil.

Ah ulan ah, bir de Avrupa var, Avrupa medyası var... Amerika'dan korkumuz yok. O hiç bu işlere bulaşmadı, ülkede kaç darbe oldu, gıkını çıkarmadı, hatta alkışladı... Ergenekon dedik, alkışladı, Balyoz dedik şak şakladı.

Elbette şu iletişim çağında bu işler zor olacak... Neyse neyse...

"Biraz daha hızlı sürsene lan..."

"Başüstüne efendim..."

"Alooo ekip hazır mı?"

"Hazır başkanım, sizi bekliyoruz..."

Vız vız, gıcırt tıkırt...

"Ayağa kalkın başkanımız geldi..."

Uf, bu başkandaki yüz ne? Dayak mı yemiş yoksa?

"Arkadaşlar, işimiz çok güç... Konuyu açıyorum. Çapulcular vardı ya arkadaşlar, hani şu Gezi Parkı..."

"Eveeeet başkan..."

"Bir de duran adamlar..."

"Evet başkan..."

"Bunları bir örgüte bağlayacağız. Buyruk çok çok yüksek yerden geldi..."

"Ya" dediler, "Hım" dediler. Sümüklerini çektiler.

"Önce bir örgüte nasıl bağlayacağımızı mı düşünelim, yoksa yeni örgütün adını mı?"

"Söz alabilir miyim başkan?"

"Hııı..."

"Önce adını koyalım..."

Homurtular, momurtular, parmaklar...

"Konuş..."

"Önce örgütü ortaya çıkaralım, örgüt ortaya çıktıktan sonra ona ad koymak kolay, öyle okkalı bir ad buluruz ki, insanların gözü kapı gibi açılır."

"Efendim söz..."

"Konuş..."

"Şimdi örgüte bağlayacağımıza göre, önce örgütün silahının olması gerekir... Bu, tabanca, tüfek, top, tank, mermi demek... Bunların yalnız kaskları, baretleri, deniz gözlükleri, eldiven, gaz maskeleri, bir de çadırları var. Haydi diyelim içlerinden bir tanesi, bir genç kız, yerden kendisine atılan gaz mermisinin kapsülünü bulmuş. Bunun içine su doldurmuş. İçine de bir tane kırmızı gül koymuş. Bu şimdi silah olmaz ki. Buna kimseyi inandıramayız ki..."

"Dur, kimse inanmazsa inanmasın devletin başkanı inanır ya, sen ona bak, onun inanmasına bak... Onun mitinglerde bunu haykırmasına bak. Otur..."

"Oturdum sayın başkan..."

"Söz istiyorum efendim..."

"Konuş..."

"Bakıyorum da daha ilk dakikalarda ekibin üzerinde bir yılgınlık, bir umutsuzluk, bir umarsızlık... Arkadaşlar nedir bu karamsarlık? Siz kendinize güvenmiyor musunuz? Bakın Balyoz var mıydı, Ergenekon var mıydı? Yoktu. Ama birdenbire ortaya çıkıverdi. Yandaş medya bunu ballandıra ballandıra anlattı. Vatandaş da ağzının suyu aka aka dinledi, hı hı, diye kafa salladı. Yeter ki sen bunları bir örgüte bağlamak iste. Görmediniz mi yaşlı bir kadının bunlara bağırışını, bir başı örtülü genç kızın haykırışını... Ne istiyor yani vatandaş, diyor ki, bunlar bir örgüt, her biri de bu örgütün üyesi... İşte görevimiz bunları çok ivedi olarak bir örgüte bağlamak..."

"Söz istiyorum sayın başkan."

"Konuş..."

"Sayın devlet başkanımız zaten bunların bir örgüte bağlı olduğunu söyledi. Ne dedi, faiz lobisi dedi; ne dedi, Merkel dedi; yani dış güçleri işaret etti. Ne dedi, içerdeki çapulcular dedi. Bizim en önce birkaç tutuklama yapmamız gerekir... Şimdi belki Merkel'i tutuklayamayız, gerçi buraya bir geziye geliyor olsaydı, bu iş çok kolaydı, kaldığı otele, üç yüz-beş yüz polis yolla, hop Merkel'in ellerini arkadan bağla, at polis arabasına, götür organize suçlar şubesine. Sonra da, konuş Merkel, konuş diye bir güzel ifadesini al. Bu ifadeyi devrisi günü medyaya dağıt, yandaş medya çıkarsın bunu manşete, görün siz... Onun ardından birkaç bankacıyı tutuklayıver, gece yarısı evlerine baskın, gelin lan buraya, sizi gidi sizi... Bununla da kalma, çıkar bir kırmızı bülten Bernanke için... Ardından şipşak Obama, beraber ıslandıkları arkadaşının bu isteğine yanıt versin, ABD Merkez Bankasının başkanı yani FED'in başkanını derdest apar topar bindirsin uçağa, göndersin buraya, 'Buyrun istediğiniz gibi sorgulayın bu herifi' desin... Eh onlar bilmezler bizim usulleri, biz insanı bülbül gibi öttürmesini biliriz. Herhalde arkadaşlar, yalancı tanık kuruluşumuzu unutuyorsunuz... Ühüüü öyle çok yalancı tanık buluruz ki..."

"Söz alabilir miyim sayın başkan?"

"Konuş..."

"Arkadaşlar, ilk mitingte bile, sayın devlet başkanımız için poster açılmıştı, 'Eğilme, Dik Dur' diye... Yani bunu yazanlar, havaya kaldıranlar, bu yazıyı gördükten sonra hiç ağzını açmayanlar da biliyorlar ki sayın devlet başkanımızın karizması çizilmiş accık... Olmaz arkadaşlar, biz onun karizmasını çizdirtmeyiz... Şimdi ne yapılıyor, mitingler için bol bol adam toplanıyor, bol bol araçlar kaldırılıyor. Maksat sayın devlet başkanının karizmasının çizilmediğini göstermek... Bizim yapacağımız da bu olmalı... Onun eski karizmasında, eski gücünde olduğunu göstermemiz gerek... Bunun için diyorum ki, hemen başlamalıyız, her gün iki bin, üç bin gencin tutuklanmasını sağlamalıyız... Şimdi böyle başlayınca halk ne diyecek? 'Vay beee, sayın devlet başkanımızın karizması hiç çizilmemiş, maşallah, Allah nazardan esirgesin, yine aslan gibi, kaplan gibi, pars gibi' diyecek... Eeee günde beş bin kişi tutuklatmak kolay değil. Bir mitingte sayın devlet başkanımız, 'Şu gözaltına alınan çapulcular için ben buradan hukuku, yani savcılarımızı, yargıçlarımızı uyarıyorum, gerekeni yapsınlar' deyince akan sular durur."

Ekip başkanının yüzü gülmeye başlamıştı. Bağırdı:

"Ayran molası..."

Ayran molasında bile ekip hep bu konuyu konuştu. Çünkü içlerindeki vatan, millet sevgisi yine ateşlenmişti. Bu güzelim vatan, bir avuç çapulcuya bırakılır mıydı?

Haaaaayır!..

Onların hepsini birer birer, elli bini, olmazsa yüz bini, olmazsa beş yüz bini, bir milyonu, iki milyonu tutuklayıp attın mı içeriye?.. O zaman...

YUMUŞAK PADİŞAH

Yahu bu padişah, yani bu padişah var ya...

Ne olmuş efendi padişahımıza?

Canım padişahımıza hiçbir şey olmamış ama kaşları çatık, yüzü asık, burnu kalkık, önüne geleni azarlıyor, önüne geleni haşlıyor... Çok kızdıklarına;

"Atın bunu zindana!" diye bağırıyor.

Artık o zindan kaç yıl sürer, beş yıl mı, on yıl mı, yoksa yaşam boyu mu?

Yahu dediklerine göre cariyeleri, sultanları da azarlar olmuş... Belki gerçektir, belki dedikodudur ama halk arasında bu sözler dolaşıyor.

Yani artık padişah efendimizin hışmına uğramamak için ağızlarını açmıyorlar. Öyle ki kimin casus, kimin jurnalci olduğu belli değil... Öyle ki, sen bir söylemişsen, jurnalci bunun üzerine beş ekliyor, padişahın kulağına fısıldıyor.

Yani ülkede yaşamak zorlaştı...

Haydi, pahalılığa kullar razı, başını kaldırmamaya razı, yutkunmaya, içine atmaya razı... Haksızlıklara da razı. Hatta kadı efendilerin verdikleri kararlara da razı... Ama o asık yüz çekilmiyor, o azarlama, o yüksekten bakma çekilmiyor.

Padişah efendimiz kaşlarını çatıp, gözlerini dana gözü gibi yapıp alnını kat kat ederek bağırdığında, herkes korkudan gözlerini kapıyor.

"Lan hazineci başııı!.."

Breh breh breh...

"Lan demircilerin başı!.."

Breh breh breh...

Ah işte ah, breh breh demekle olmuyor...

E ne olacak? Biz kul olarak bir şey yapamayız ki, bir şey söyleyemeyiz ki. Zindanlarda kullardan geçilmiyor. Bu kullar ne kılıç kullandılar, ne yetim hakkı yediler, ne iftira attılar... Salt konuştular. Konuştuklarının hepsi doğru. Ama kadı efendi ne diyor:

"Atın bunu zindana, orada otuz yıl yata!.."

O zaman kullar konuşamadığına göre kim konuşacak, kim padişah efendimize bir şeyler fısıldayacak?..

Elbette yakınındakiler...

Kim mi? Sadrazam, vezirler...

Yine breh breh breh...

Yahu, kula zindan ama vezire, sadrazama geldi miydi, kelle... Evet evet kelle! Öyle kızmış ki padişah efendimiz, kızgınlıktan zangır zangır titriyor ve bağırıyor:

"Cellaaaaat, al bunu götür, kellesini vur. Kelle soğumadan bana getir!.."

"Başüstüne padişahım..."

Daha gözler kapanmadan kelle padışahın önünde...

"Eee vezir, konuş bakalım şimdi... Hey sadrazam az önce yumurtladıklarını haydi şimdi de yumurtlasana..."

Vezirden, sadrazamdan tıs yok.

Halktan tıs yok...

Eeee, kullar konuşmuyor, çevresi konuşmuyor, yarın bir gün Allah korusun!..

Kimi Allah korusun?

Padişah efendimizi...

Eeeee?

Kullar saraya yürüyor, kapıları kırıyor, padişah efendimizi sürükleye sürükleye dışarıya çıkarıyor...

Sus sus sus! Allah korusun!..

Padişahımızı da Allah korusun!..

Öyleyse?

Padişahımızın en akıllı, en güvenilir veziri, onun akıl hocası, danışmanı, her şeyi olan kul onunla konuşsun... Desin ki:

"Ulu sultanım, değerli padişahım, tahtınız tehlikede!.."

Oooo, gitti o değerli vezirin kellesi. Öyle lap diye söylenir mi hiç? Böyle alıştıra alıştıra, altını çize çize;

"Şundan şu gelir, bundan bu gelir padişah hazretleri" diye diye...

Vay bee... Ne yürekli adammış o vezir!.. Evet evet, tehlikeyi o denli sezmiş, geleceği öyle belirgin görmüş ki... Bu görüşünü bilgi ve deneyimleriyle karıştırarak padişahın kulağına fısıldamış...

"Padişahım, çok sertsiniz. Padişahım çok burnunuz havada... Padişahım sonunuz kötü!"

"Neee? Ne diyorsun sen yaa?"

"Kızmayın padişahım..."

"Beeeen... Cellaat!.."

"Olabilir padişahım, kellemi de vurdurabilirsiniz... Ama biliniz ki, bu kelle bu uğurda size olan sevgiyle feda olsun..."

Padişah azıcık yumuşamış.

"Eh ne diyorsun sen vezir?"

"Diyorum ki padişahım biraz yumuşayın. Sizinle birlikte çevreniz de yumuşasın. O yumuşaklıkla halkın içine katılın. Sizi, vezirlerinizi halk görsün ve halk desin ki, 'Padişahımız efendimize bakın, ne hoş, ne yumuşak, ne candan, ne dost'..."

Padişah tahtında bağdaş kurmuş, vezire gel gel işareti yapmış.

Vezir koşarak padişahın tahtının yanına gelmiş.

"Otur vezir, otur hele..."

Vezir çok şaşmış bu isteğe ama hiç oturur mu? Koskoca padişahın yanında oturmak kimin haddine, insan o anda felç olur...

"Otur otur..."

"Yooo padişahım oturmam, oturamam..."

Padişah gözlerini vezirin gözlerine dikmiş:

"E haydi şimdi söyle bakalım, bana ne önerirsin..."

"Padişahımız, önce görünüşünüzden ve dilinizden başlayacağız..."

"Dili anladım vezir, yani yumuşak konuşacağım, saraydan çıkacağım, esnafa gideceğim, pazara gideceğim, kahvehaneye uğrayacağım, kullarımla konuşacağım... Nasılsınız, diyeceğim. Elimi onların omzuna atacağım, onlara bir şeyler anlatıp şakalaşacağım... Onları güldüreceğim... Esprili olacağım, onların espri yapmasına olanak sağlayacağım."

"Ama bunları vezirlerinizle birlikte yapacaksınız padişahım. Siz kahvehaneye girdiniz miydi, arkanızdan bütün vezirleriniz girecekler, her biri bir iskemleye oturup ağzınızın içine bakacaklar..."

Padişah yere bakmış, havaya bakmış, sonra vezirin gözüne bakmış.

"Tamam, bunları yaparım" demiş... "Ama anlamadığım şey..."

"Biliyorum sultanım. Onu da söyleyeceğim."

"Çabuk söyleee..."

"Padişahımız efendimiz, bu kürklerle, bu mücevherlerle, bu kaftanlarla onların içine katılamazsınız..."

"Ne diyorsun sen vezir? Yani don gömlekle mi aralarına katılacağım?.."

"Hayır sultanım, hayır yüce padişahım, elbette size, vezirlerinize yeni urbalar dikilecek..."

"Nasıl urbalar?"

"Halkın ilgisini çekecek, rahatlatacak, sizi, vezirleri daha çok halka yaklaştıracak urbalar. Terzi başını çağıracağız, onunla konuşacağız..."

Padişah ellerini çırptı. İki kul içeri girip yere dek eğildi.

"Bana terzi başını çağırın, tez!.."

Girenler arka arka çıktılar.

Terzi başı titreye titreye, yerlerde sürüne sürüne içeriye girdi... Acaba diktiği bir urbada hata mı yapmıştı? Bunun için kellesi mi gidiyordu?

"Dinle beni terzi başı... Yeni urbalar istiyorum. Hem bana, hem vezirlerime... Hem de tez, üç güne dek bu urbalar hazır ola... Gece çalış, gündüz çalış... Bu urbaları hazırla... Yalnıııız..."

Padişah "Yalnız" sözcüğünü öyle uzatmıştı ki, terzi başının yüreği yine ağzına gelmişti...

"Yalnıııız bu urbalar kullarıma hoş görünecek, komik olacak, halk benimle el şakası yapacak..."

Vezir başını sallamış, padişah eliyle terzi başına çık işareti yapmış.

Üç gün içinde giysiler dikilmiş...

Bu terzi başı da nereden görmüş, nereden bilmiş, o zaman böyle bir giysi yokmuş ki. Ama bir gece uykusuz kaldıktan sonra devrisi gün yardımcılarıyla birlikte makasları ellerine almışlar, kumaşları önlerine koymuşlar, padişaha da vezirlere de soytarı giysisi dikmişler...

O günden sonra ülkeyi soytarılar yönetmiş.

KEFEN

Ufacık bir bakkal dükkânı ama...

Ahacık bunu açabildi. Kolay mı? Parası o denli azdı ki, ancak dükkânın ilk kirasını verebilmiş, bir-iki de raf yaptırabilmişti.

En büyük yardımı toptancıdan görmüştü. Pirinçtir, nohuttur, fasulyedir, biraz peynir, biraz yağ, yumurta, kara zeytin...

"Kazan sen yeter ki arkadaş, kazanınca getirirsin" demişti.

Öyle dürüst, öyle namuslu bir insandı ki, kazanır kazanmaz borcu için hem toptancıya söz verdi, hem de kendine söz verdi...

Evin buzdolabını dükkâna getirdi. Peynirler, yağlar, gazozlar onun içinde.

Eh, küçücük dükkânın içi bir anda doluvermişti. Kim kapıdan girse, hemen ayağa kalkıyor;

"Buyrun, hoş geldiniz, sefalar geldiniz" diyerek ellerini ovuşturuyordu.

"Hayırlı olsun" diyene, "Allah razı olsun" diyordu; bir şey alanı, "Allah bin bin bereket versin" diye uğurluyordu.

Daha ilk günden karısı ona yardım etmeye başlamıştı. Yemeği bakkal dükkânında pişiriyor, orada yiyorlardı. Ne olur ne olmaz diye her zaman tencereye birkaç kaşık fazla koyuyorlardı. Olur ki bir müşteri tam o anda giriverir içeri; "Buyrun, buyrun!.." diyebilmek için.

Haydi bir tabak yemek de onun önüne...

Eskiden yalnız cuma namazına giden adam artık ezan okunur okunmaz dükkânından çıkıyor, yakındaki camiye gidiyor, beş vakit namazını kılıyordu.

Ah şu dürüstlük ah!.. Hemen on beş gün içinde karşılığını görüverdi.

Onlar için, kaynattıkları tencerenin içine giren şeyin parası çıksın, gerisi hiç önemli değildi. Meyve yerine ağızlarına birer kuru kayısı atıyorlar, toptancının parasını biriktiriyorlardı.

O ayın sonunda toptancının borcunu ödedi, yeni mal aldı... Gerçi yine borçlandı ama cebinde de artık biraz parası vardı. Yani dükkân kâra geçmişti.

Dur bakalım bir yıl sonra ne olacaktı?

Bir yıl sonra ilk çocukları oldu. Nur topu gibi bir oğlandı. Artık bu oğlanı büyütüp okutacak paraları vardı.

Çok şükürdü bu günlere, çok şükür!..

Karısı çok durmadı evde, bebeği de aldı bakkal dükkânına geldi. Öyle ya, çocuk işin içinde büyümeliydi. Sağlıklı, iştahlı bir çocuktu. Müşterilerin de sevdiği bir bebek olmuştu, gelen müşteri onun yanağına elini uzatmadan dükkândan çıkmıyordu.

Eee, bebek için en gerekli ne?

Çiş bezi...

Toptancıdan dönerken tuhafiyeciye uğradı adam;

"Şöyle on beş tane olsun... Eee bebek..." dedi.

Tuhafiyeci kaşını gözünü oynattı, içinden hesaplar yaptı;

"Otuz metre olacak..." dedi. "Şimdilik size yeter."

Metre elinde ölçmeye başladı.

İşte o zaman adam metreden geçmiş bezin ucunu yakaladı. Kafasında bir şimşek çakıverdi. İşte o şimşek, adama;

"Bu dünya fani!.." dedi.

Tuhafiyeci çiş bezi için kumaşı ölçmüş bitirmiş, kesmişti ki, adam;

"Acaba benim gibi bir insana kaç metreden kefen çıkar" diye sordu.

Tuhafiyeci biraz şaşkın, biraz da gülerek adamın yüzüne baktı. Adam gülücüğe yanıt verdi:

"Bu dünya geçici..."

Tuhafiyeci kaşını gözünü oynattı, havalara baktı, sonra;

"En az dokuz metre..." dedi.

Adam hemen ekledi:

"On sekiz metre olsun, yarısı karıma..."

Tuhafiyeci dokuzardan on sekiz metre bezi kesti, hepsini katladı... Kadın çok duygulandı. Kocasının elini öptü.

"Benim kefenliğimi bile düşünen kocam... Allah senden razı olsun..." dedi.

O gece dükkânı kapayıp evlerine gittikten sonra kadın kendi kefenine A harfini işledi, kocasınınkine de K harfini işledi. Her iki bezi kutsal bir şey gibi katladı. İki ayrı torbaya koydu.

"Bu senin kocacığım, bu da benim... Şimdi bunları sandığın en altına koyuyorum..."

O gece, her geceden daha çok huzur içinde yattılar...

Adam sabahleyin gözünü açar açmaz sandığa baktı, elini yüzüne götürdü, sonra ellerini havaya kaldırdı;

"Çok şükür" dedi.

Dört yıl sonra yandaki dükkânı da kiraladı. İkisinin arasındaki duvarı kaldırdı. Küçücük bakkal, kocaman bakkal oldu. Artık bakkaliyenin içinde her an bir müşteri vardı.

Adam kasadaydı, karısı dükkândaydı ama bir kadın çalışan almışlardı. Kadın artık eskisi denli yorulmuyordu, yine de gözü gelen müşterilerdeydi.

Çocuk mu? O da büyümüştü. Ama o da hep bakkaliyedeydi. Daha bu yaştan ürünleri diziyor, elinde bir bez rafları siliyor, bir şeyin yerini soran müşteriyi o rafa dek götürüyordu.

Çocuk da annesi babası gibi her zaman ellerini açıyor, havaya kaldırıyor, yüzüne sürüyordu. Kadın da adam da çocuklarının okulda çok başarılı olacağına inanıyorlardı.

Gerçekten de öyle oldu...

Vız ilkokul bitti, vız ortaokul bitti, vız lise bitti...

Nasıl olmuştu da unutmuşlardı, ah ah ah!.. Hani dükkânın yanına kocaman yeni bir dükkân eklerken, ikisinin de aklına gelmemişti. Ama şimdi dükkânın yerini değiştirip koskocaman bir yere geçtikleri gün, karı-koca eve gelince, hemen sandığı açmışlar, kefenliklerini çıkarmışlar, ağlaya ağlaya kefenlerine yüzlerini sürmüşler, minicik bir bakkal dükkânından bugünkü kocamaaan bakkal dükkânına geldikleri için ağlamışlar, ellerini havaya kaldırmışlar, gözyaşlarını kefenlerinin üzerine damlatmışlardı. Hem o sandık da neydi öyle, hiç bu kutsal kefenlikler öyle basit sandığın içinde durur muydu? Adam bunun için çok görkemli bir sandık yaptırmış, yeni evlerinin en önemli en kutsal, en değerli şeyi olmuştu o sandık... Görkemli kefen sandığı kocamaaan oturma odasının baş köşesindeydi. Kadın ve adam yemek yerken bile gözleriyle bu sandığı izliyorlar, yedikleri için şükrediyorlar, genç hizmetçinin getirdiği kahveyi yudumlarken bile gözlerini sandıktan ayırmıyorlardı...

Ah koca rabbim verdikçe veriyordu!.. Oğlan üniversiteyi bitirmişti. Çok önemli olan hesap kitap bölümünü hiç kalmadan okumuş, diplomasını alır almaz işin başına geçmişti.

Adam nerdeyse toptancılar çarşısının bütün dükkânlarına sahip olmuştu.

Oğlanın kafasında başka şeyler vardı.

Adam ilk fabrikasının açılışından sonra deniz kıyısındaki konağına geldiğinde çok yorgundu... İşte ilk viskisini o akşam içti. Bir yudumdan ne olacak canım... Kadın şaşkınlıkla kocasına bakıyordu. Adam karısına da doldurdu. Yıllardır hiç tokuşturmadıkları kadeh o gece tokuştu... Denize ayın kıpırtılı ışığı dökülürken, karı-kocanın da dudaklarından kahkahalar döküldü.

Kadının artık iki arabası vardı. Adam arabayı fazla sevmiyordu. Elbette işine yaya gidip gelmiyordu. Özel şoförü onu işyerine bırakıyordu.

Oğlu, üç ayda bir yöneticileri topluyordu. Bu toplantıda şirketin durumu konuşuluyor ve en önemli şey babanın kulağına fısıldanıyordu.

"Birikimimiz şu denli oldu baba!.."

Uf... Uf ya...

İşte o birikim gecelerinde adam viskiyi biraz daha fazla kaçırıyor ve karı-koca tartışıyorlardı.

Neyi?

Adam yeni bir hanımla mı evlenmek istiyordu?.. Yoo hayır, karısına çok bağlıydı.

Bu konağı mı beğenmiyordu? Hayır...

Evde çalışanlardan mı memnun değildi?..

Hayır hayır hayır...

Adam viskiyi yudumlarken gözü kefen sandığına takılınca, viski boğazında kalıyor;

"Bu sandık buradan gidecek!.." diye bağırıyordu.

Onca mal, onca mülk, onca para ve ölüm...

Kahkahayı basıyordu adam... Kaç fabrikası vardı, kaç işyeri vardı, kaç insan buyruğunda çalışıyordu. Hiç bu insan... Hiç bu insan...

Bağırıyordu:

"Ölür mü laaan ölür mü? Ben ölmem, hiiiç ölmem..."

PUL BİBER

Kim ne derse desin, şu biber gazının içinde bir şey var...

Çok şey var da acaba o ne? İnsanı boğan, gözlerini yaşartan, soluk almasını zorlaştıran, solunum organlarına acı veren şeyler var, anlaşılıyor, görülüyor da acaba o en yüksek etkiyi yapan ne?

Biber gazını bir kez yiyen, yandı gülüm keten helva oluyor. Evet, orası burası, burnu boğazı, gözü yanıyor ama bu yanma başka yanma.

En iyisi onu çok yakından tanık olduğum bir gözlemimle anlatayım...

Ah benim anacığım ah, kaç yaşına geldi, o gözle yün hırkalar örer, kazaklar döktürür... Eh babaanne hatırına çocuklar bir-iki kez giyerler, sonra da çıkarır atarlar.

Peki haydi kazak, hırka neyse, kocaman kocaman şişler, kalın kalın yünler, ister ördüğün şeye bak, ister bakma, yeter ki parmaklarını oynat, bir de bakmışsın ki kazağın önü bitmiş.

Ya iğne oyası öyle mi?

Evet evet, yetmiş beş yaşındaki annem iğne oyası yapıyor.

Ah annem ah, senin yaptığın iğne oyasıyla kim ilgilenir?

Cık, anneme onu yapmak eğlenceli dinlence gibi geliyormuş... Evet evet, iğne oyasını eline alınca her şeyi unutuyormuş, kırlarda gezer gibi, kumlarda yürür gibi.

"Salt unutmadığım torunlarım..."

Torunları Umut ve Çiçek'i hiç aklından çıkaramıyormuş. İkisi de her gün Gezi Parkı eylemindeler. "Ya onlara bir şey olursa"ymış...

Gece yarıları bile gezgin ışığı burnunun ucuna çekiyor, haydi bakalım iğne oyası yapmaya başlıyor.

Eh, gecenin yarısı, günün yorgunluğu, yaşlı uykusu, arada bir iğneyi eline batırırsa:

"Ah Umut'um!.."

"Ah Çiçek'im!.." diyormuş.

Şimdi şu romatizması olmasa, iki yıl önce geçirdiği zatürree hastalığından ötürü doktorunun sözlerini dinlemese, bir saniye bile durmayacak, Gezi Parkı'na gidecek, torunlarının yanında olacakmış.

Ah ah gözü kör olsunmuş şu yaşlılığın...

Hani ödüm de kopuyor;

"Aman şu sıra annemin yünü bitmese, ipliği bitmese, şişlerine iğnelerine bir şey olmasa..."

Hayır hayır.

"Anne sen söyle, iş dönüşü ben alır gelirim" diyorum ya seni dinleyen kim?

"Sen bilmezsin..."

Eşim diyor ki,

"Ben de Rıfat'la giderim..."

Annem yine aynı şeyi söylüyor:

"Siz bilmezsiniz... Kafamdaki rengi nereden bileceksiniz? Ben orada yumakları göreceğim ki, işte şu renk, diyeceğim, hemen kapacağım..."

Eyvah!..

"Yarın gidelim mi oğlum İstiklal Caddesi'ne..."

Küt etti yüreğim... İsterse tak etsin, bom desin, yarın annem mutlaka oraya benimle birlikte gidecek... Hayır hayır, istediğin denli söyle; "Anne şimdi oralar hareketlidir, şudur budur" diye...

Evet, Taksim'den geçmek zorundayız. Annemin dükkânı İstiklal Caddesi'yle Sıraselviler'in arasındaki bir sokakta...

Sabahleyin annemde bir coşku, bir sevinç, şarkı bile söylüyor. Biliyorum, arada;

"Oğlum buraya dek gelmişken haydi bir de şu torunları görelim" diyecek.

Otobüste dedi...

"Bir de torunlara uğrarız..."

Oh oh, sanki torunlar orada bir evde oturuyorlar, bir elleri yağda bir elleri balda...

Hayır hayır, kendimden hiç korkum yok. Ben üç kez gittim çocuklarımın yanına, çaylarını da içtim. Dört kez de anneleri gitti. Bir kez de karımla gittik. Simitlerinden yedik, kendi yaptığımız böreklerle poğaçalarla akşama dek oturduk...

Ama yanımda yetmiş beş yaşındaki annem olunca...

Yahu ıhıcık Taksim, ıhıcık Sıraselviler, ıhıcık İstiklal Caddesi.. Ben mi bağırdım annem mi bağırdı.

"Üzerimize TOMA geliyor!.."

Ortalık bir anda karışıverdi. Su, toz, duman...

Ve biber gazı, biber gazı, biber gazı...

"Anneee!.."

"Rıfaaat!.."

Eh öyle gaz yemişiz ki artık annem de konuşamıyor, ben de konuşamıyorum...

"Yahu biz yumak almaya gidiyorduk..."

Annem de ben de yumulmuşuz yere, ne bir yeri görebiliyoruz, ne soluk alabiliyoruz. Annem yere uzanıverdi, burnunu mu tutacak, kalbini mi tutacak bilemiyor...

Azıcık soluğunu toplayınca, bağırıyor:

"Tayyip Tayyip biz ne yaptık sana?.. Yumak almaya gidiyorduk..."

Hıh, sanki seslendiğin adam duyuyor...

"Anne soluğunu tüketme..."

Durmuyor ki;

"Tayyiiip Tayyiiiip!" diye bağırıyor.

Tayyip gelmedi ama ağzı burnu maskeli biri geldi... Annemi yerde sürükleyerek yana çektik... Sonra kilimden yapılmış bir sedye geldi... Birkaç kişi tuttuk sedyeyi kaldırdık. Baştaki bağırdı:

"Çabuk çabuk Gezi'ye, orada teyzenin umarına bakarız..."

Gençler bana da anneme de limonlar, sütler, başka başka şeyler kullandırdılar. Ancak bir saat sonra kendimize gelebildik.

Aa aa bir baktık, oğlumla kızım karşımızda.

Bilmem ki annem bunca gazdan sonra bu denli kısa zamanda böyle birdenbire canlanabilir miydi? Bir yandan torunlarına sarılıyor, bir yandan da;

"Tayyip Tayyip!.." diye bağırıyordu.

Gençler;

"Boşuna bağırma teyze, o sağırdır, duymaz" diyorlardı ama annem bağırıyordu.

"Tayyyiiipp Tayyiiip duy beniiii!.."

Bir eliyle kızımın, bir eliyle de oğlumun elini tutmuştu. Çevremizdeki gençler annemin yaşını öğrenince onlar da;

"Yaşa teyze yaşa!.. Gezi'nin en çapulcu genci" diyorlardı.

Öğleden sonra eve geldik... Annem yemek yemedi.

"Oranın simiti ıspanaktan çok daha güzeldi" dedi. "Oranın kara zeytini evin salatasından daha güzeldi..."

Durmadan titriyor;

"Tayyiiip!.." diye bağırıyordu.

"Anne sus!.."

"Susmam oğlum... İçimdeki kin kabarıyor..."

Ben de mi acaba? Benim de içim kabarıyor mu?

O gece hiç uyumadı annem. Ne oya işleri, ne örgü işleri... Yani gece olmasa, komşular olmasa, durup durup, "Tayyiiiip!" diye bağıracaktı.

Sabahleyin kahvaltı yapmadı, hiçbir şey yemedi.

"Haydi oraya gidelim, Gezi'ye gidelim..." dedi.

"Anne..."

"Bak hakkımı helal etmem sonra..."

Eh, bu sözden sonra bir şey denmez ki... Günlerden pazar, benim tatilim...

"Haydi anne gidelim!.." dedim...

Karım;

"Nereye?" diye sordu.

"Gezi'ye hanım Gezi'ye..."

"Aaaaa!.."

"Eh sen de bizimle bir gün gelirsin, gazı yersin, ondan sonra bizden önce kapıya çıkarsın..."

O gün annemle Gezi'ye gitmedik. Dosdoğru Taksim'e gittik.

Gaz yedik, cop yedik...

"Öyle olmaz böyle olur" dedim, yıllık iznimi aldım. Artık annemle her gün Taksim'deyiz...

Karımla da... Çünkü üçüncü gün karım da geldi bizimle. Gazı yedi, şimdi o da Taksimli oldu.

Bizde şu acı biber alışkanlığı yok mu gözünü seveyim...

ŞEREFE

İçki yasaklanıyor!..

İçki yasası çıkıyor!..

Meyhaneler kapatılacak!..

Of be of of of!.. Sen ne karışıyorsun benim içkime yahu? Çalışmış, çabalamışız, bunca yorgunlukla haberleri dinlemişiz, dinlerken kanımız tepemize çıkmış, eh yani bir-iki yudum içmeyelim mi?

Rakıya, şaraba, zam zam zam! Nedir bu be? Nasıl da belli oluyor içki yasağın? Ben öyle bir şey yapayım ki, memur içemesin, işçi içemesin, küçük esnaf içemesin. Kim kaldı geriye? Kesesi dolu olanlar, banka hesapları yüklü olanlar, yani varsıllar.

"Ey zengin kardeşlerim, ey işadamları, siz içebilirsiniz. Zaten şurada bir avuçsunuz. İstediğiniz içkiyi alın, istediğiniz balıkçıya gidin, için de için!.."

Peki, kirasını zor verene? Parayı ucu ucuna yetiştirene? Ay başını zor getirene?

"Yooo, sen içemezsin, aldığın para şuncacık, içki senin neyine? Otur oturduğun yerde!.."

Eh, içkiye durup durup zam yapılınca, ben de oğlum da içkiyi bırakmak zorunda kaldık. Eskiden hiç olmazsa haftada iki gece içiyorduk. Sonra onu bire indirdik. Bir zam daha gelince beddualar mı ettik, yoksa başka şeyler mi ettik, ikimiz de içkiyi bıraktık.

Birer mektup yazdık Ankara'dakine:

"Gözün aydın, baba-oğul içkiyi bıraktık!.."

Ama oğlumun da, benim de sinirimiz tepemizde...

Haydi zammı anladık, yani zam yapmakla zaten içkiyi bize yasaklıyorsun, bir de durup durup;

"Hayırlı yasalar çıkarıyoruz. Artık içkiler hangi saatler arasında satılacak, herkes ne denli içecek, içki kimlere satılacak, kimlere satılmayacak..."

Nerdeyse ruhsata bağlayacaksın be...

"Bu adam içki satın alabilir..."

"Bu evde rakı içilebilir... Kapı gibi ruhsat kapıda asılı..."

Oğlum da bu haberleri dinledikçe deli oluyordu, ben de deli oluyordum.

Elbette oğlumun evi ayrı, iki de çocuğu var. Ama bize yakın bir evde kiracı olarak oturdukları için sık sık geliyorlar, bazen birlikte yemek yiyoruz, bazen de haberleri birlikte izliyoruz...

Tam zeytinyağlı fasulyeyi ağzıma atmışım, oğlum;

"Şu habere bak baba, şu habere, yine içki haberi!.." diyor.

Ihlıyorum, tıslıyorum, fışlıyorum...

"İçki ha içki... Ah ah, şimdi şurada bir kadeh içki nasıl giderdi, zeytinyağlı fasulye, cacık... Of of!.."

Oğlumun da yüzünden anlıyorum, o da içini çekiyor, dizine şap şap diye vuruyor. Karısı da çalışıyor ama içki ederleri ona da pahalı geliyor. Eh, masraf çok, maaş az. Ben işadamı mıyım? Emekliyim. Ama ne giysi alıyorum, ne yol parası veriyorum, ne de kahve masrafım var. Hepsini topla, şöyle bir duble, bir tek rakıyı anamın ak sütü gibi helal ediyorum.

Of of of!..

Birden sofradan kalkıverdim, oğlum, gelinim, eşim;

"N'oldu?" dediler.

"Olan oldu..." dedim.

Koştum öteki odaya, pantolonumu giydim.

"Aa aa nereye?" dediler.

"İçki almaya" dedim, "saat daha sekiz buçuk..."

Aa aa oğlumun gözleri parlayıverdi, hop diye fırladı ayağa kalktı:

"Burada ben dururken babam içki almaya mı gidermiş! Çok şükür yaşım on sekizden büyük... Sen otur babacığım..."

Bir ara oğlumla tartıştık:

"Parayı ben vereceğim..."

"Yooo, ben vereceğim" diye.

Oğlumun eline zorla parayı tutuşturdum.

"Bir yetmişlik al oğlum" dedim.

Oğlum neredeyse sevinçten yetmiş kez havaya fırlayacak. Gelinim durur mu, sağ olsun, "Ben kalkayım, size patlıcan kızartayım..." dedi.

Eşim kalktı;

"Ay ben size üç lokmalık etsiz çiğköfte yapayım..." dedi.

Bağırmışım, daha bir yudum içki içmeden;

"Offf lan of, var mı bana yan bakan?.."

Oğlum patlıcanın kokusunu kapıdan girer girmez aldı.

"Patlıcan kızartmaaaa!.." diye bağırdı. Sonra mutfaktan sesi geldi:

"Çiğköfteee!.."

Gördün mü yaptığını, hıh işte, beş aydır içkiyi bırakmış baba oğulu içkiye başlattın.

Oğlum iki bardağa rakıları doldurmuş, sularını katmış, tepsinin üzerine koymuş, aldı geldi, bir konuğa sunar gibi tepsiyi uzattı. Bardağı elime aldım, şöyle bir süzdüm, gözlerimi kısıp, minicik bir öpücük attım, sonra;

"Dünya varmış beeee!" dedim.

Karım çiğköfteyi getirdi, gelinim patlıcan kızartmasını.

"Şu sofraya bak beee!.."

Eh şimdi şu kadehler havaya kaldırılır... Yooo yoo kaldırılmaz. Hanımıma içki olmadan olur mu böyle mutlu bir günde?

"Dur oğlum dur, sonra birer yudum alırız... Haydi oğlum koş, tuh nasıl da unuttuk. Annen rakı içmez ama şarap içer..."

Eşim ne denli;

"Hayır hayır, yorulma oğlum" dese de yirmilik delikanlı benim oğlum, fırladı gitti. Gitmesiyle gelmesi bir oldu, sanki şarap kapının önünde satılıyormuş gibi...

Ay benim duygulu oğlum, rakı bardağına rakı koymuş, karısı için, şarap bardağına da şarap koymuş, annesi için...

"Buyrun efendim buyrun!.. Buyur hanımcığım buyur, afiyet olsun!.."

Şimdi kadeh kaldırılır artık... Kaldırılır da neyin şerefine kaldıralım kadehleri.

"Buldum" dedi gelinim. "Özgürlüğümüzün şerefine, kul değil, birey olmamızın şerefine!.."

Yudumlarımızı aldık ve kahkaha atmaya başladık. Biz neye gülüyoruz yahu? Galiba mutluluğumuza gülüyoruz.

"Yahu biz neye gülüyoruz, kahkahalar atıyoruz?.."

Canım karıcığım, kadehini yine kaldırdı:

"Umuda, umutlu olmamıza gülüyoruz... Haydi yarasın!.."

Yarıyor yarıyor... Şişeler yarılanıyor, eşim coşmuş, bağıra bağıra gençlik marşını söylüyor...

Nasıl katılmayız ona, hep birlikte söylüyoruz.

Kapının zili çalıyor... Oğlum;

"Sakın polis olmasın baba?" dedi.

"Yok oğlum, daha o marşı yasaklamadılar" dedim.

Yine bastık kahkahayı...

Aaaa, apartmanın Ayşe Teyzesi gelmiş... Ayşe Hanım, bizim altımızdaki dairede bir başına yaşıyor. Kimi kimsesi yok.

Hepimiz ayağa kalktık.

"Buyrun Ayşe Hanım buyrun!.."

"Ayol miting mi var acaba diye merak ettim!.."

"Var Ayşe Hanım var..."

Gittim mutfağa, Ayşe Hanım'a şarap doldurdum...

"Buyrun Ayşe Hanım!.."

"Ayol o ne?"

"Şarap Ayşe Hanım, şarap..."

"Hıı, ben seksen üç yaşındayım oğlum..."

Dördümüz birden bağırmaya başladık:

"İç iç iç!.."

"Kalbe iyi gelir mi?"

Bağırdık:

"Ühüü her derde deva..."

Aslan be Ayşe Teyze, bardağı yarılayıverdi bir dikişte. Ağzını da öyle bir şapırdatması var ki, dersin şarap uzmanı.

Hey Ankara, içiyoruz içiyoruz... Ve içeceğiz...

DESTANLAR YAZARIZ

Daha birkaç gün öncesine dek istifa etmeyi düşünüyordum. Durup durup arkadaşlar birbirimize;

"Eh artık bu iş çekilmez oldu" diyorduk.

Çekilir mi hiç arkadaş, çekilmez... Hatta istifa edince ne iş yapacağımı da kararlaştırmıştım. Babam gibi kasap olacaktım.

Oh, al eline satırı, doğra babam doğra, danayı doğra, koyunu doğra, kuzuyu doğra...

Doğrama bitti mi, kes babam kes. Gözünü seveyim keskin bıçak elinde olduktan sonra kasaplık ne ki?

Ama polislik hiç öyle değil...

"Haydi bakalım yürü!.." diyorlar, yürüyoruz, ben bazen önde, bazen en arkada, artık duruma göre, neye yürüdüğümüze bağlı.

TOMA da arkamızda... O suyunu sıkacak, biz biber gazını sıkacağız...

Saldır...

Oh oh, sanki karşıdaki boş duruyor, saldırmıyor, o senden daha çok saldırıyor. Sen bu işi parayla yapıyorsun, karşındaki inançla yapıyor, inancı ülkeyi yıkmak.

Haydi bakalım, daha işin başında senin tarafın eksi durumda. Maaş için saldıran mı daha güçlü olur, yoksa inandığı için karşı koyan mı?

Elbette karşı koyan... Eh artık, elinde kalkanın karşıdan gelen taş parçasına, odun parçasına durmadan karşı koy. Yani saldırdığın kişilerin karşısında dans eder gibi oyna.

İçinde yaşamayan, elinde kalkan olmayan bilmez bunu. Kalkanı iyi kullanmazsan, taş gelir kafana, bilye gelir. Kaşın patladı, gözün patladı... Hah;

"Bunun kaşı patladı, hemen eline beş bin tutuşturalım, elli bin tutuşturalım" demek yok ki.

İstersen gözün çıksın, hop geri hizmetlere, gözünün çıktığıyla kal!

Hem tutup adamı öne süreceksin, hem de yetki vermeyeceksin... Olmaz ki öyle şey! Yani adalete mantığa sığar mı bu?

Yok yok, evden çıktın...

Ah ah, hangi doktor evinden çıkarken çoluk çocuğuyla vedalaşır, hangi öğretmen karısının gözlerinin içine bakarak, "Hakkını helal et hanım" deyip arkasında gözü yaşlı bir kadın bırakır?

Salt ben kendimi böyle sanıyordum. Şöyle polis arkadaşlarımın ağzını aradım geçen gün, vah canlarım vah, hemen hemen hepsinin gözü yaşardı. Hele bir polis arkadaş vardı ki, hıçkıra hıçkıra ağladı:

"Yeni evlendim komiserim, karımı çok sevi yorum, evimi çok seviyorum. Ölmek istemiyorum... Ama karşımızdaki düşman, evet evet, ben onlara düşman gözüyle bakıyorum, beni evimden, karımdan ayırmak istiyor, çok sevdiğim mesleğimden ayırmak istiyorlar... Dün öyle kocaman bir taş geldi ki kafamın yanına, Allah'tan sıyırdı da geçti. Yoksa ben bugün mezardaydım, karım da karalar bağlamış ağıttaydı."

Yoldan çevirin sorun, dalın içlerine bir röportaj yapın, bakın size neler söyleyecekler. Bizi hiç dinleyen yok ki. Nerede o gazete röportajcıları, nerede o televizyon kameraları? Dayasın mikrofonu ağzına;

"Anlat bakalım polis bey..." desin.

Ühüü o zaman ağlarsınız ağlarsınız...

Biz çok zor görev yapıyoruz, çok zor...

Hayır hayır şeyi söylemiyorum, iki gün, üç gün eve uğrayamadığımızı, günlerce uykusuz kaldığımızı... Sorun bir arkadaşımıza, asla bunlardan şikâyet etmeyecektir. Ya neden şikâyet edecektir?

Az yetkimizden... Evet, evet, yetkimiz çok az, hemen hemen hiç yok.

Biz güçlü olmadıktan sonra karşımızdakini nasıl püskürteceğiz?

Yooo, giysimiz okkalı, şapkamız okkalı, bir yanımızda copumuz salım salım sallanıyor, kalçamızın üzerinde de tabancamız mostralık gibi duruyor.

Silah değil o, mostra mostra...

Korku aracı ha? Hay bunu söyleyenin aklına turp sıkayım!

Ühüüü, o tabancayı oradan çıkarıp kullanmak için şey ister, şey yani, yürek yürek... Onu kullanabilmen için öyle maddeler, öyle durumlar, öyle buyruklar konmuş ki oraya, elin kalçana gittiğinde yüreğin titreyiverir,

"Amanın evde hanım var, okuyan çocuklarım var, hasta annem var!.."

Hemen, sanki akrebe dokunmuşsun gibi elini kalçandan geri çekersin.

Yahu, o tabancayı eline alıp, havaya sıkmanın bile kuralları var... Havaya havaya...

"Ben bunu havaya sıkıyorum..."

Nah sıkarsın, sıkıysa sık da görelim... Adamın burnundan fitil fitil getirirler.

Hoop hemen açığa, hoop hemen sorguya, ondan sonra evde yas, sende puf...

"Yahu meslekten atarlarsa halim ne olur?"

Hıh, bunu düşünen var mı? Eh o zaman geriye tek şey kalıyor. Şimdi meslekten attıklarında tabancanı götürüp teslim edeceksin ya, yapacağını yap, sık kafana, kurtul.

Kaç tane meslektaşımız kafasına kurşun sıkmadı mı?

Hiçbir meslektaşım şikâyetçi değildir... Biz öyle herkes gibi "sabaha dek uyuyacağız" diyerek yatağa girmeyiz.

Gecenin yarısı bir telefon:

"Haydi toplanın!.. Uç gel, koş gel!.."

Ne yani, aldığımız para da belli. Bu yaşam koşullarında daha ayın ilk birkaç gününde cebinde beş kuruş kalmaz. Kaçımızın kendi evi var ki! Hepimiz kirada. Biri söylesin bana, en ucuz kira ayda kaç lira?

Onun için meslektaşlarımın hemen hemen hepsi varoşlarda otururlar... Ah ah bir de belediye otobüsleri parayla olsaydı yanmıştık.

Rahat yok! Huzur yok! Para yok!..

Ama bizde vatan sevgisi var... İşte bu sevgidir bizi ayakta tutan. Bizde üç-beş çapulcuya pabuç bırakmak yok. İçimizdeki vatan sevgisi olmasa bu meslekte bir gün durmayız.

Hangimizle konuşursanız konuşun, size ilk söyleyeceği şey şudur:

"Yetkilerimiz çok az!.."

Böyle incecik cop olur mu yahu? Hiç, vur vur, karşıdakine sinek vızıltısı gibi geliyor. Neye yarar ki cop? Cop dedin miydi, şöyle bir kaldırıp karşındaki çapulcuya yapıştırdın mı, kafasını karpuz gibi şak diye ortadan ikiye bölmeli.

Yani söz aramızda, şu az önce söylediğim sözü daha düne dek söyleyemezdim. Haydi bakalım:

"Neden bu sözü söyledin, niçin söyledin?"

Öyle bir soruşturma ki, artık, "Hakkâri'ye ataman çıkmıştır, güle güleyi ikramiye olarak kabul et..."

N'oldu iki gün önce, sevgili başbakanımız ne dedi;

"Polisi güçlendireceğim" dedi...

Hah şöyle işte...

Bu sözü duyunca ağladım. Bir ben miydim ağlayan, bütün arkadaşlarım ağladılar. Öğle yemeğimizi yiyorduk topluca, televizyon açıktı. Bu sözleri duyar duymaz, gözyaşlarımız kurufasulyeye karıştı. Önce donduk kaldık sevinçten, sonra bir alkış, bir alkış, bağırdık:

"Sağ ol başbakanımız, var ol başbakanımız... Şimdiye dek senin gibi bir başbakan gelmedi bu ülkeye!.."

Ellerimizi havaya kaldırdık, hep birlikte ona dua ettik...

Nasıl güven geldi hepimize, nasıl güç geldi.

Polis güçlü olmalı ya, hem de çok güçlü... Karşındaki, polisin güçlü olduğunu bilmeli. Bu gücü bildi miydi, fare gibi pısar, ya kaçar ya ellerini havaya kaldırır. Şimdi ne yapıyor, sanki biz güçsüzmüşüz, o güçlüymüş gibi üzerimize geliyor, artık ne atarsa, ne savurursa!..

Ben diyorum ki;

"Süngüüü taaak!" bile olmalı.

Öyle ya, biber gazını sıktın, suyu sıktın, aldırdı mı? Yok yahu, gözünde kin, yüreğinde vatanı satmış, çapulcu mu çapulcu, üstüne üstüne yürüyor, hem de koşa koşa. İşte o zaman ben komiser olarak, bağıracağım polislerime:

"Süngüüüü taaak!.."

Uf, süngüler öyle keskin öyle sivri, yalım yalım parlıyor. Polislerim şak diye geçirmişler süngülerini coplarının ucuna... Buyruğumu bekliyorlar:

"Hücuuuum!.."

Haydi o zaman dursunlar bakalım karşımızda, hepsi çil yavrusu gibi dağılır, kaçacak sıçan deliği ararlar. Direnenler mi var, sok süngüyü çek, sok süngüyü çek, dalak bağırsak ortaya dökülsün.

Ne yapıyoruz biz, elimize mikrofonu alıyoruz:

"Haydi dağılın lütfen arkadaşlar..."

Yahu gülüyorlar be, gülüyorlar...

Sen dağılmıyorsun ha, birden zıpla üzerine süngüyle, parçala gitsin. Bak bakalım ondan sonra polisin karşısına dikilmek neymiş görsün, şöyle bağırsağını, midesini elleriyle toplasın, kazın ayağı neymiş anlasın...

Ve biz daha çok destanlar yazarız. Yeter ki her hücumda bahşişimiz de olsun.

Oh, şimdi çekilir bu meslek...

Bin yaşa başbakanım, Allah sizi başımızdan eksik etmesin... Amin...

KENTSEL DÖNÜŞÜM

Öğretmenimiz sınıfa girince söyledi:

"Çocuklar il çapında bir kompozisyon yarışması açılmış. Konusu şu: 'Bu yıl içinde sizi en çok sevindiren olay nedir?' Bunu yazacaksınız..."

Hemen parmaklar kalktı:

"Öğretmenin sınıfta mı yazacağız?"

"Evet çocuklar, sınıfta öğretmeninizin gözetiminde yazacaksınız. Yarışmaya üçüncü ve dördüncü sınıflar katılacaklar, yani ilkokulun son sınıfları..."

Bir arkadaşım sordu:

"Öğretmenim, birinci seçilene ne verilecek?"

"Bilgisayar verilecek..."

Sınıftan bir, "Uf" sesi yükseldi ki... Hemen kalemlerimizi kaptık, kâğıtlarımızı çıkardık. Yazmaya hazırlandık. İyi de ben ne yazayım? Bu yıl neyi çok sevdim?

Gecekonduların olduğu bir semtte oturuyoruz, okulumuz da burada. Babam bana hiç bisiklet almadı ki onu yazayım. Bizi hiç tatile götürmedi ki onu yazayım. Babam da haklı, dört kardeşiz, babam yapılarda çalışıyor. Kış günleri bazen iş bulamıyor. İşte o zaman çok sıkıntı çekiyoruz. Annem de babam da o zamanlar durup durup;

"Çok şükür ki gecekondu bizim malımız" diyorlar.

Ben bilmem ki, kirada oturanlar da varmış. Biz kiracı değilmişiz, bu bir buçuk oda bizim malımızmış, yani annemin, babamın ve biz dört kardeşin... Bir buçuk odanın buçuğunda yemek pişiyor, annem leğende çamaşır yıkıyor. Orada kocaman bir de sandık var, içine bulgur dolduruyoruz. Bir de küçücük avlumuzda tuvaletimiz var...

Ah ne yazsam ne yazsam?

Arkadaşlarıma baktım, yazmaya başlamışlar bile... İyi de neyi yazıyorlar?.. Onları en çok ne sevindirdi? Eh bir şeye sevinmişlerdir.

Ben neye sevindim, neye sevindim?..

Ooo buldum, kentsel dönüşüme sevindim. Ben onun ne olduğunu bilmiyordum ki. İlk kez, babam o şeyi eve getirdiğinde duydum.

"Baba, bu ne?" diye sorduk.

"Kentsel dönüşüm oğlum, kızım, kentsel dönüşüm..." dedi. Adını da söyledi.

"Bunun adı klozet çocuklar..."

Dört kardeş, tekrarladık:

"Klozet, klozet, klozet..."

Ben biliyordum, bir dizide görmüştüm. Ama hiç üzerine oturmamıştım. Hemen sordum babama:

"Bunun üzerinden düşer miyim baba?"

Babam güldü:

"Niye düşeceksin oğlum, sandalyede oturur gibi oturacaksın... Sonra şeyini bir rahat yapacaksın. Bir tek Mahmut oturamaz, o da oturağa yapsın... Ama bundan sonra hepiniz buna oturacaksınız. İşte bu yapılanmanın adı kentsel dönüşüm..."

Eh, daha avludaki tuvalete konmadan kardeşler onun üzerine oturup kalkmaya başladık. En küçüğümüz Mahmut ağladı, onu da annem oturttu.

Annem klozete bakıp bakıp cıklıyor, babama ters ters bakıyordu. Babam;

"Hanım hanım artık çocuklar kıçlarını elleriyle yıkamayacaklar, böyle bunun su yeri var. Yanına da bir musluk koyacağım. Musluğu açtığında, su fıış, kıçın da mis..."

Heyecanlandık, merak saldık, klozetin yanında yöresinde döndük.

"Artık tuvalette çömelmek bitti mi baba?"

"Bitti çocuklar, kentsel dönüşüm sayesinde bitti..."

Babama merakla sorduk:

"Babacığım ne zaman kentsel dönüşümü yapacaksın?"

"Hıh" dedi babam, "benim için yarım günlük iş..."

Sonra anneme seslendi:

"Kız Cemile, parayla aldığımı sanma, inşaattan getirdim, ahacık şu yanı biraz kırık, yani hasarlı... Zaten bunu parayla alsan, ühüüü..."

Babacığım dedi ki evimiz kentsel dönüşüme uğrasa bile, biz o taksitleri veremezmişiz.

Zaten yapılar bitinceye dek, bunca çoluk çocuk nerede kalırmışız?.. Bizim kentsel dönüşümüz bu klozetmiş... Hiç anlamıyorum ki...

"Haydi babacığım yapıver şunu..."

"I-ıh inşaatta iş var... İş olmadığı bir gün ilk işim çocuklar..."

Klozet odamızın bir yanında bekliyor ama hiç boş kalmıyor. Ödevini yapıp bitiren onun üzerinde oturuyor, ekmeğine acı biber salçasını süren onun üzerinde yiyor, benden bir yaş büyük Fidan Ablam onun üzerinde oturup türküler söylüyor.

İki kez de annem oturdu;

"Çocuklar bu klozet rahatmış ha!" dedi.

İyi de babamın işsiz günü hangi gün? Aslında babamın işsiz günü olmasını hiç istemeyiz ama şimdi istiyoruz. Merak içindeyiz, böyle oturarak şapmak nasıl bir şey. Şimdiye dek çömelmişiz, ıhlamışız, vıhlamışız...

Haydi be baba, şu kentsel dönüşümü gerçekleştir...

Uff çok sevinçliyiz... Yağmurlu bir gün babam kentsel dönüşüme başladı... Annem bağırıyor:

"Islanacaksınız çocuklar, girin içeriye!.."

"Islanmayız, kentsel dönüşümü izliyoruz anneciğim..."

Babam usta maşallah... Hem de nasıl? Yahu iyi ki günlerden pazar. Okul yok. İyi ki yağmur var, babamın işi yok... Kentsel dönüşümü izliyoruz.

Tuvaletimiz ufacık, yoksa kardeşler içeriye doluşup babamı izleyeceğiz ama babam durmadan;

"Çıkın çocuklar, birazdan biter" diye bağırıyor...

İyi de ilkönce üzerine kim oturacak? Ben mi, ablam mı, benden küçük olan mı? Yoksa babam;

"Ben yaptım, ben ettim, önce benim hakkım" mı diyecek?

Yoksa annemi mi çağıracak;

"Haydi benim hanımım, ilk kez sen oturacaksın" diyecek?

Ya annem;

"Çişim yok İsmail" derse, kim oturacak?

Uf uf uf!.. Haydi babacığım bitir şu kentsel dönüşümü de popomuz bayram etsin...

Babacığım musluğunu da taktı... Hepimize gösterdi:

"Bakın çocuklar, işiniz bitti, yerinizden kalkmadan şu musluğu açacaksınız. O zaman altınız kendi kendine yıkanacak, tertemiz olacak..."

Eh, babacığım alkışı hak etti. Öyle bir alkışladık ki babamı.

Düşündüğüm gibi, babam annemi çağırdı;

"Cemile, kentsel dönüşüm bitti, gel buyur, ilk hak senin..." dedi.

Haydi bir alkış da anneme... Annem tuvalete girdi. Kapıyı kapattı. Az sonra su sesi duyduk, haydi bir alkış daha. Çıkınca ilk sözü;

"Neymiş be şu kentsel dönüşüm İsmail, çok rahatmış..." dedi.

Bekliyoruz ki annemden sonra ablam girsin. I-ıh öyle olmadı, babam bize baktı;

"Haydi çocuklar, kim çok sıkıştıysa önce o girsin" dedi.

"Hayır baba" dedik, "biz aramızda kura çektik, ilkin Yusuf girecek..."

Benim küçüğüm sevinçle girdi tuvalete. Bekle ki çıksın! Yoksa oyun mu oynuyor orada? Oh rahatı bulup uyumasın klozetin üzerinde? Seslenmeye başladık:

"Yusuf, Yusuf çık dışarı oynayalım!"

Yusuf dışarıya oynaya oynaya çıktı. İlk sözü;

"Ben artık günde on kez girerim bu tuvalete" oldu.

Sıra bana geldi.

Ooo, gerçekten çok rahatmış. Ne güzel şeymiş bu kentsel dönüşüm. Sağ ol babacığım, var ol babacığım.

Artık evde tuvaletin adı değişmişti. Kim kalkıp kapıya el atsa;

"Hele ben bir kentsel dönüşüme gidip geleyim..." diyordu. Ablam bir kartona kocaman "KENTSEL DÖNÜŞÜM" yazıp, kapıya astı.

Bu yıl en çok sevdiğim şey işte bu kentsel dönüşüm olmuştu. Ben bunu yazdım kâğıdıma, aynı yukarıda yazdığım gibi...

Aradan iki ay geçti.. Birinci ben olmuşum... Okul birincisi ben olduğumda çok sevinmiştim ama şimdi il birincisi ben oluncaaa!..

Eh, bu eve bilgisayar girecek... Uçuyorum havaya sevinçten...

Aman...

Ama ah ah, eve bilgisayar girdi ama öğretmenim gitti. Nereye mi, çok uzak bir ile? Niçin gitti, niçin oraya atandı öğretmenim? Kendi mi istedi başka bir kente gitmeyi? Yooo hayır... Ağlaya ağlaya, bize sarıla sarıla gitti...

Neden mi?

Bu kompozisyonu seçtiği için...

Şimdi kompozisyon il birincisi olunca yayımlandı ya, bunu Milli Eğitim'deki amcalar okumuşlar:

"Bu çocuk bunu yazamaz... Yazsa yazsa öğretmeni yazmıştır. Niye yazmıştır? Hükümeti ve bu yönetimi sevmediği için... Sürülsün de o il'e, anlasın hanyayı konyayı!" demişler.

Ama ben yazdım o kompozisyonu, sınıfta, bütün arkadaşlarım tanıktırlar... Yemin ediyorum, ben yazdım.

Niçin bana sormadılar ki?..

Bilgisayarım çok hoşuma gitti. Ama her elime aldığımda öğretmenimi düşünüyorum, Sevgi öğretmenimi... Çok seviyordum Sevgi öğretmenimi...

ÜÇ ÇOCUK

Ah benim vatandaşım ah, şu denli bilse ya yararını... Biz hiçbir şeyi boşuna söylemeyiz. Çünkü biz sizi çok seviyoruz.

Sizi hiç sevmesek;

"Üç çocuk yapın" der miyiz?

Dört olsun, beş olsun, ona da çok seviniriz. Ama mutlaka üç çocuğunuz olmalı ki, anne-baba olarak rahat edesiniz...

Evet evet biliyorum. Hiç bilmez miyim?

Dokuz ay çocuğu karında taşımak, sonra onu dünyaya getirmek, emzirmek, hastalıklarıyla uğraşmak, uykusuz geceler geçirmek... Tasalanmak ve çocuğunuzun yüzüne bakıp iç çekmek.

Biz de çocuk yetiştirdik, bunların hepsini yaşadık. Düşünün ikisi birden hastalanmış, bir yandan anne, bir yandan baba nasıl çaba harcıyorlar yavruları bir gün önce iyi olsun, gülsün diye...

Gülmek ya... Çocuğunuzun minicik bir gülümsemesi bile sizi dünyanın en mutlu insanı yapar. Çocuğunun bir gülüşüne ne denli zorluklara göğüs gerecek anne ve babayla dolu her yer.

Çocuk gülüyor...

Sizin de ağzınız açılıyor, dişleriniz ortaya çıkıyor, gülüyorsunuz...

Ya yaşlılığınızda?

Yaşlılığınızda gülmek istemiyor musunuz?

Hemen söyleyeyim, eğer üç çocuğunuz yoksa yaşlılığınızda gülemezsiniz... Elinizi kafanıza küt diye vurur;

"Ah ah ben niye gençliğimde üç çocuk yapmadım?" dersiniz.

Şimdi;

"Çocuk hastalanınca para" dediğinizi duyar gibiyim...

Yoo, orada durun biraz. O eskidendi. Doktor parası, ilaç parası bulamazdınız. Şimdi kap çocuğunu koş bir hastaneye, koş bir sağlık ocağına, bekleyenlerden izin iste;

"Ah çok hasta benim çocuk" de, hemen gir içeriye, ilacını yazdır aile doktorunuza, hemen karşıya geç, eczaneden ilacını al... Üstelik eczanede sana belki çay sunarlar veya limonata.

Eee daha ne duruyorsunuz, niçin üç çocuk yapmıyorsunuz?

"Bir tane var" mı dediniz?

Ah ah, lütfen her şeyi dümdüz görmeyin, biraz kafanızı çalıştırın. Geleceğinizi düşünün geleceğinizi...

Ne yani, "Benim geleceğim garantili... Emekli olacağım, emekli maaşı alacağım. Emekli maaşımın yarısını ev kirasına verdikten sonra kalan yarısıyla çorbamızı kaynatırız" dediğinizi duyar gibiyim.

Ev kirasıymış, çorba kaynatmakmış... Şuna bak!.. Şöyle başını havaya kaldır, sağına soluna bak bir... Senin onlardan neyin eksik?

Evleri var, yazlıkları var, arabaları var, bankada paraları var...

Para ya, ne sandın? Şöyle emekliler gibi elini cebine attığında oradan on lira, yirmi lira çıkmıyor, yüzlük, iki yüzlükler çıkıyor. Banka cüzdanındaki paralar seni bekliyor. At imzanı, doldur parayı cebine, koy kartını ATM'ye, tıkla, al günlük harçlığını oradan.

Söyle bakalım bana, kaç lira kredi kartı borcun var?

Hıh, "Çekerim bankadan, öderim" diyorsun öyle mi? Nah ödersin, katlanır o katlanır, faiziyle katlanır. Sonunda... Haydi haydi söylemeyeyim o acı sonu. Ne haberler okuyoruz gazetelerde ne haberler...

Halbuki iki oğlun bir kızın, veya iki kızın bir oğlun olsun, aç telefonu;

"Hiiiş, alooo, dardayım yolla" de, şipşak gelsin para...

Yo yo, hiç kandıramazsın beni...

"Onları adam etmek, para kazandırabilmek için okutmam gerek. Yüksek okullara göndermem gerek. Nerde bende para?.." deme.

Hey arkadaş hey!.. Sen bu ülkenin hayırseverlerini unutuyorsun. Hangi hayırsevere başvurursan, hop diye karşılığını alırsın...

"Benim çocuk Amerika'da okuyor, ona şunca dolar gönder..." dedin miydi, ne Amerika'sı, Arjantin'de olsa bile gönderirler... Bu ülke hayır yapmak isteyen insanlarla dolu. Hele yurtdışında okuyan bir insan için.

Çocuk büyüdü, okudu, bir iş güç sahibi oldu. Allah ona bir de;

"Yürü ya kulum!." dedi. Der der, ben bilmez miyim?

Genç yürüdü, üç-beş kuruşu vardı, üzerine üç-beş kuruş daha koydu... Ve ondan sonra düşünmeye başladı.

"Ne alsam, ne alsam, ne alsam?"

Bir tane kayık aldı. Bu kayığı deniz kıyısında balık ekmek satanın birine kiraladı... Yooo yooo ufak iş gibi görünmesin gözüne. Her şey böyle ufaktan başlar, sonra kocaman olur...

Haydi onun ardından bir kayık daha aldı, onu da balık ekmekçilere kiraya verdi... Bir tane daha, bir tane daha...

Kaç tane kiralık kayık oldu?

"Uff ben kayıklarla mı uğraşacağım" dedi, bir gün, kayıkları sattı, onların yerine bir gemicik aldı...

Eeee, gemicik deyip geçme, doldur yükü İstanbul'dan Mersin'e... Boşalt yükü Mersin'den Trabzon'a... Yok belki gemi dolusu para kazanamaz çocuğun bundan ama eh hatırı sayılır bir gelirin sahibi olur birkaç yılda...

Elbette senin gibi akıllı bir babanın oğlu da akıllı olur, uykusuz bir gecenin sabahında, birden yatağından fırlar, kendi kendine konuşmaya başlar;

"Benim gibi bir işadamına devletin bankası kredi vermeyecek de kime verecek?" der.

Yeter ki bankaya alacağı geminin büyüklüğünü söylesin...

Eh artık, doldur yükü Fransa, doldur yükü Kanada.

Boş gelecek değilsin ya... Doldur yükü; "Hindistaaan, ileri, marş!" de.

Para oluk gibi akıyor. Aldığın kredi mi, ödersin canım. Sen artık bugüne bugün hatırı sayılır bir işadamısın. Senin gibi kaç tane işadamı var ki?

Nasıl aklına yattı mı?

Yat yat yat.. Evet, bu evlat sana istersen yat da alır, kat da alır... Yo yo katlar senin neyine, şöyle boğaza bakan kocaman bir villa...

Gördün mü çocuğun yararını?..

"Aman aman, bu zamanda çocuk mu?" deme, sakın bir daha duymayayım. Burada "tecrübe" konuşuyor arkadaş...

Öteki çocuk mu, kız olsun erkek olsun, hiç fark etmez, yeter ki çocuk olsun, yahu olamaz mı, belki bu çocuk altına, mücevherata meraklıdır. Ühüüü, sen çocuğun bile olsa içindeki hırsı, içindeki isteği bilemezsin ki...

Haydi diyelim ki bu çocuk da mücevherciliğe soyundu...

Sen bu işte az kâr mı var sanıyorsun?

Hey beni dinle beni, mücevheratın KDV'si yok, bunu biliyor muydun?

"Cık" dediğini duyar gibiyim... Öyle ya mücevherle bir işin olmadı ki, yaşamında hiç mücevherat satılan bir yere girmedin ki... Nerden bileceksin?.. Bak arkadaşım bak dostum, şunu unutma, satışını KDV'siz yapacaksın, yani devlete bir kuruş vergi yok, tart, al parayı, indir cebe:

"Aman aman hanımefendi ne yakıştı ne yakıştı... Bu gerdanlık sanki sizin için tasarlanmış, sizin için yapılmış..."

Şimdi sıkıntıya düştün, artık seçme şansın var seçmeee... Hem de karpuz gibi seçme...

"Acaba mücevheratçı evlada mı başvurayım, yoksa gemici evlada mı?"

Özgürsün seçmekte. Hangisini istersen göreve çağır...

Ana bu be, baba bu be!.. Bizim inancımız, örflerimiz ne güne duruyor?

Üçüncü çocuk mu?

Ne çocuğu yahu, çocuk okudu, büyüdü...

"Ben çalışmayacağım anne baba. Ben evleneceğim" dedi... Elbette diyecek, her insanın hakkı evlenmek.

"İyi kızım, evlen" dedin...

Dedin de, yani burada sana iş düşmüyor mu? Yahu şöyle tanıdığın bir zengin dost yok mu? Onun evlenecek yaşta bir oğlu yok mu? Eh yani, şuncacık çalışmak istemiyor musun evladın için?

Anlı şanlı, dillere destan bir düğün, gelsin bakalım zengin damat...

Yok yok artık, üçüncüye başvuracağın zaman elbette damada değil, kızına başvuracaksın. Eh, kendi çocuğun varken, damada yaslanmak güzel bir şey değil ama yaşam bu, insanın başına neler gelir bilemezsin ki...

ÖYKÜ DEĞİL BİR ANI

Çocuğunuz karşınızda...

Onu dokuz ay karnınızda taşımışsınız. Belemişsiniz, ninniler söylemişsiniz.

Onun ilkokula başladığını dün gibi anımsıyorsunuz. Heyecanla okuldan gelmesini beklemişsiniz. Gelince, ona kaç kez sarılmış, nasıl öpmüş, saçlarını okşamışsınız.

Hastalanınca tasalanmış, geceler boyu uyumamış, başında beklemişsiniz. Sağlığına kavuştuğunda en büyük mutluluğunuzu yaşamışsınız.

Büyümüş... Okullar bitmiş, meslek sahibi olmuş. Evlenmiş. Ya torun sevgisi... Bir arada olmak, coşmak, bir torunlara, bir ona bakmak... Sarılmışsınız torunlarınıza, ona...

Ya baba? Babanın çocuğunu büyütürken tattığı mutluluklar... Ekmek parası kazanmak, onun sevdiklerini sofraya koymak... Ve bundan duyulan büyük haz...

Okulu için onu başka kente göndermek, ona sarılmak, kokusunu duymak, yolcu etmek. Onun sağlık haberleri ve başarısı en büyük sevinciniz.

Ama bir gece...

O gece...

Polisler dalmış evine, almış götürmüşler oğlunuzu... Yutkunmuş, donmuş kalmışsınız arkasından.

Suçu ne?

Suçu ne?..

Suç yok...

Hiç olmaz olur mu?

ERGENEKON var.

Silivri artık hep yolunuz olmuş. Oturduğunuz kentten otobüsle oraya gitmek çok zor. Ama o parçanız, evladınız... Genç değilsiniz, güçlü değilsiniz, çile yumağısınız. Çünkü oğlunuz, dört yıl yüz on dört gündür orada.

Duruşmalar için yol etmişsiniz Silivri'yi... Uykusuz geceler, yorgun sabahlar...

İçinizde hep, ona bir sarılabilmek tutkusu. Evlat kokusunu çekmek içinize... O anda dünyanın en mutlu insanı olabilmek...

Çok yakınsınız ona.. Duruşmadasınız. Aranızda sekiz metre mi var, yoksa on metre mi? Kokluyorsunuz havayı, kokusu geliyor mu oğlunuzun?

I-ıh gelmiyor. Adaletsizlik kokuyor, buram buram...

Ne olur yani, şöyle ayağa kalksanız, oğlunuza yaklaşsanız, sonra;

"Mustafa, Mustafam" deyip sarılsanız?

Yoo, sarılamazsınız...

YASAK...

Bir kezinde onun elini mi tuttunuz? Cezaevi minibüsünün penceresinden bir el mi uzandı? Onun eli, onun eli!..

Kaptınız o eli, öptünüz öptünüz... Uçtu gitti minibüs. Mustafa'nın kokusu elinizde kaldı. Yüreğinizde bir coşku, içinizde kocaman umut dağları...

"Öptüm ya o eli, öptüm ya o eli..."

Yine bir duruşma. Duruşmayı izleyenler arasında Hakan Tartan da var. Hemen yanınızda oturuyor. Onca yolu gece gelmişsiniz. Yorgun, bitkin ve solgunsunuz... Ahacık oğlunuz orada. Ona bir sarılabilseniz, yorgunluk bitkinlik kalmayacak.

"Ah bir yasak olmasa, oğlumuza sarılabilsek" demişsiniz Hakan Tartan'a.

Hayır olmaz ama... Olur mu acaba?

Hakan Tartan cezaevi görevlisi komutana söylemiş;

"Eski bir bakan olarak rica ediyorum" demiş.

Komutan, anneye bakmış, babaya bakmış, göz göze gelmişler... Ah umut ah!..

Haydi komutan haydi! Otuz saniyelik sarılmayla hiçbir yasa çiğnenmez ki...

Hakan Tartan gelmiş, anne Melek Balbay'a, baba Fevzi Balbay'a;

"Evet" demiş...

Ah, artık hiç duruşma izlenir mi? Kim ne demiş, yargıç ne söylemiş, ne sormuş? Artık duruşma boyunca salt o sarılma heyecanını, evlat kokusunu düşünmüşsünüz.

Beklemişler...

İşte Mustafa Balbay... İşte, o o...

Hangimiz önce sarılsın? Baba mı, anne mi?

Haydi sarıl!..

Bu anıyı sevgili Konak Belediye Başkanımız Hakan Tartan anlattı geçen gün, "Mustafa Balbay'ı Anma ve Kitaplarını İmzalama" toplantısında...

Şimdi ben de bunu halkıma anlatıyorum. Ve diyorum ki, bir gün gelecek bu Ergenekon'ların, Balyoz'ların ve bütün yasasızlıkların hesabı sorulacak..

Göreceğiz, sevgili Melek Balbay, sevgili Fevzi Balbay...

Temmuz 2013

MUZAFFER İZGÜ
BÜTÜN ESERLERİ

gülmece öykü-romanları

İşte Mühür İşte Sen
Ortadireği Yıkan Ayı
Devletin Malı Deniz
Azrail Nasıl Rüşvet Yedi?
Siz Bilirsiniz Paşam
Donumdaki Para
Dayak Birincisi
Deliye Her Gün Bayram
Halo Dayı ve İki Öküz
Sen Kim Hovardalık Kim
Her Eve Bir Karakol
Devlet Babanın Tonton Çocuğu
Lüp Lüp Makinesi
Kasabanın Yarısı
Çanak Çömlek Patladı
Üç Halka Yirmibeş
Demokrasimiz Kaç Para Eder?
Zıkkımın Kökü
Bando Takımı
Gecekondu
İlyas Efendi
Yıl Sıfır Darbe Hazır
Bir Namussuz Aranıyor
Bizim Ayılar Amerikalıları Çok Sever
Bir Mayıs Polis Bayramı

MUZAFFER İZGÜ
BÜTÜN ESERLERİ

gülmece öykü-romanları
(devamı)

İt Adası
Nasıl Baba Oldum?
Sıpa
Dandini Vatandaş Dandini
Dilber
Ayvayı Yedik
"Milli Kahraman" Matador Mahmut
Hırsız Köpek
Kaçak Kız *(gençlik romanı)*
Oturaklı Başkan
Herkese Bir Yastık
İçimde Çiçekler Açınca *(gençlik romanı)*
Tom Baba'nın Tombalası
Anadolar
Soyma Beni Utanırım
Bütün Sabahlarım Senin Olsun *(gençlik romanı)*
Hükümet Çiftetellisi
Hamdolsun Açız
Anamı da Aldım Geldim
Padişahım Çok Yaşa!

oyunları

Lütfen Kızımla Evlenir misiniz?
Sınır-Duvar
Bir Çift Yün Çorap / Böyle Aşk Duydunuz mu?